CIDADE DO PECADO

MISTÉRIOS DE CARTER THOMPSON LIVRO 1

SEAN O'LEARY

Traduzido por
NELSON DE BENEDETTI

Pois não terei pena deles nem os pouparei,
mas farei recair sobre suas próprias cabeças o
que têm feito."

EZEQUIEL 9:10

CAPÍTULO UM

Três da manhã, Kings Cross, Sydney. Motel Carrington. Um buraco degradado na Estrada Darlinghurst. Um homem enorme com uma barriga enorme estava fazendo sexo com Rhia, uma jovem trabalhadora do sexo. Ele tinha cabelos pretos e grisalhos cobrindo o peito, a barriga, as costas e a bunda. Rhia mal conseguia respirar, virando o rosto para a direita para tomar um pouco de ar puro. Tentando não olhar para o careca gordo suando bombeando cada vez mais forte. Rhia pequena e de seios pequenos implorou aos deuses para fazê-lo gozar, então como um tiro, ele parou. Todo o seu peso caiu sobre ela.

O ar-condicionado bombeava ar velho e quase frio. Lá fora ainda fazia vinte e oito graus grudentos, a umidade alta. Ela enfiou os dedos e as mãos na gordura dos quadris dele, respirando fundo enquanto tentava empurrá-lo. Ela colocou o joelho direito entre as pernas dele, forçando-o a sair dela. Ela enfiou os dedos e as mãos na gordura, empurrou e empurrou até que finalmente conseguiu um braço inteiro, depois uma perna e rolou debaixo dele. Ela ficou em pé coberta pelo suor horrível dele, pelos púbicos de seu corpo grudados na pele dela. Ela correu para o chuveiro, ligou-o, meteu-se debaixo da água fria até esquentar, ficou lá até que cada centímetro de seu corpo estivesse limpo dele.

Rhia enrolou uma toalha em volta dos seios e voltou para o quarto, onde ele se deitava de barriga para baixo.

Morto.

'Que porra eu vou fazer?' ela sussurrou para si mesma.

Rhia pensou ter encontrado todos os problemas concebíveis em sua jovem e curta vida profissional, mas agora isso. O doido. Ela vestiu sua calcinha de cetim vermelho, saia jeans curta azul, sutiã amarelo e camiseta preta. Calçou suas grandes botas pretas de amarrar. Foda-se. Eu vou deixá-lo. CFTV ela pensou. O Carrington não tem nenhum. É por isso que ele pediu que ela se juntasse a ele lá. CFTV nas ruas ao redor pode ter captado ela ou ele vindo para o motel. Ele entrou no quarto primeiro. Não vistos juntos então. Esta foi sua segunda visita com ele. Ela disse não a princípio porque ele era tão nojento, mas ele ofereceu a ela o dobro. Rhia tinha um filho para vestir e mandar para a escola, então ela disse sim. Ele ligou para ela de uma cabine telefônica pública. Ela não tinha pensado que elas ainda existiam. Ele havia feito o check-in. Quando ela chegou, ele disse que havia pago a noite. Ele tinha coisas para fazer depois que ela fosse embora. Ela não dava a mínima para o que ele tinha que fazer. Ela queria bam-bam-obrigada-velho. Adeus. Agora isso. Mais uma vez, pensou ela, nada de CFTV no Carrington. O que ela precisava fazer agora? O Recepcionista Noturno? Ela nunca o tinha visto antes. Ele poderia ser um problema para ela.

Quem é o gordo desleixado, ela se perguntou? Ele carregava uma pequena bolsa de homem com ele. Ela foi até a bolsa na cadeira ao lado da cama e remexeu nele. Ela tirou um maço de dinheiro em um saco plástico lacrado, abriu-o e contou lentamente. Cinco mil e quarenta dólares. O celular dele. Ela não o tocou. Deixou na bolsa. Ela verificou a bolsa um pouco mais. Encontrou uma carteira com seiscentos em dinheiro e dois cartões de crédito. Ele tinha o dinheiro pronto para ela. O dobro de sua taxa normal. Ela geralmente era paga primeiro, mas esse cara sempre pagaria a ela. Ele pagou agora. Ela encontrou um pedaço de papel com 26784 escrito nele. Seria a senha dele, ela pensou. O idiota gordo a guardava na carteira. Estúpido demais para se lembrar disso. Ela estava ficando com raiva dele por foder sua noite, possivelmente sua vida.

Havia um caixa eletrônico na Avenida Springfield, perto da Estrada Darlinghurst, a poucos passos de distância, que não tinha câmeras. Era sua profissão saber esse tipo de coisa. Parte da rica tapeçaria de sua vida.

Ela colocou os cartões de crédito no bolso da saia jeans. O dinheiro em sua bolsa preta. Havia uma carteira de motorista na bolsa do homem também. Seu nome era Robert Norton. Dizia que ele morava em Penrith, nos grandes subúrbios do oeste de Sydney. Ele veio até aqui para ela mais o que quer que ele tenha planejado para mais tarde. Ela também encontrou Viagra na bolsinha dele. Ele estava pronto para uma grande noite. Um garoto talvez ou outra garota. Foda-se degenerado. Ele parecia realmente nojento deitado ali, borracha morta, saliva saindo de sua boca.

Ela pegou o paletó dele. Começou a inspecioná-lo, mas tropeçou e caiu no tapete marrom e enferrujado, sua mão direita protegendo sua queda e atingiu o bolso do paletó. Algo ficou preso na palma da mão dela. Plano e pequeno como ela não sabia o quê. Tirou da bolsa um canivete que guardava para proteção, não para uso, mais para assustar. Ela também carregava um taser, que havia usado mais de uma vez. Parte da vida novamente. Ela pegou o canivete, abriu o material. Ele caiu no chão. Um mini-USB azul claro. Talvez 16 gigas. Minúsculo, mas com informações suficientes para guardar todos os segredos de um homem morto. Ela colocou no bolso. Levantou. Pode ser útil. Ela não sabia como, mas Salem saberia.

Ela verificou tudo ao redor do quarto, certificando-se de que não havia nada deixado para trás. Ainda pensando no que fazer com o recepcionista noturno do motel. Ela nunca o tinha visto antes, embora tivesse ido ao Carrington muitas vezes. Mas não ultimamente, isso era verdade. Ela limpou todas as superfícies, até mesmo a bolsa masculina dentro e fora. Ela sabia que seu DNA estava lá, mas nunca esteve na prisão. Nunca foi acusada de nada ou mesmo presa. O trabalho sexual era legal; ela não usava mais drogas pesadas. Nunca realmente, exceto quando Salem estava na prisão. Noventa e cinco por cento de seu trabalho agora era online ou por celular. Se ela fazia propostas a alguém na rua, era um ataque calculado, bem pensado. Ela já existia há tempo suficiente para escolher os caras certos, mas era o que todos diziam até que fosse tarde demais. Ela patinou no limite da criminalidade, infringindo a lei agora, roubando dinheiro, limpando suas impressões digitais. Indo para o caixa eletrônico com os cartões de crédito dele.

Abriu a porta do motel, limpou a maçaneta com o lenço. Enxugou a testa e a nuca. Sydney no verão pode matar você às vezes. Ela saiu do quarto; era o mais distante da rua. Fechou a porta atrás dela, limpou a maçaneta externa. Caminhou pela varanda, sem luzes nos outros cômodos. Eram quatro da manhã. Ela subiu a escada para a área de recepção puída. O recepcionista da noite estava com a cabeça na escrivaninha dormindo. A morte do gordo seria conhecida quando a camareira chegasse pela manhã.

Ela caminhou rapidamente para a Avenida Springfield, cortou a praça até o caixa eletrônico, que estava escondido dos principais postes de luz. Estava preso na parede de uma loja de conveniência familiar fechada durante a noite. Ela colocou o primeiro cartão na fenda, digitou a senha. Não funcionou. Ela colocou o segundo cartão na fenda, digitou a senha. Bingo. O gordo tinha dezoito mil dólares. O limite diário de saque era de dois mil. Ela o retirou. Enfiou o dinheiro na bolsa. Caminhou rapidamente de volta para a Estrada Darlinghurst, mas parou bem perto do final da Praça Springfield, a cerca de cinco metros da Estrada Darlinghurst. Havia um ralo coberto por uma grade. Ela deixou cair o primeiro cartão. Segurou o segundo cartão, o mágico que funcionou, por mais um tempo. Dezesseis mil. Franziu a sobrancelha, semicerrou os olhos, manteve-o.

Colocou em sua bolsa.

Sexta-feira de manhã, quatro e dez. Verão na cidade do pecado. A Estrada Darlinghurst ainda estava movimentada quando Rhia a atingiu, virou à direita, indo para casa. Principalmente cafés, bares, shows de sexo, mas também homens e mulheres golpistas. Prostitutas de baixa renda viciadas na vida. Anunciantes gritando, implorando a turistas, hipsters, meninos e meninas suburbanos, mães e pais, para entrar em seu mundo de sexo, álcool e drogas superfaturados e diluídos. Saquinhos de maconha e pós e alucinógenos mais caros, todos disponíveis com o contato visual certo para a pessoa certa. Um jogo perigoso ao lidar com a escória da terra.

Ela caminhou até a lanchonete junto ao ponto de táxi. Pensando no recepcionista noturno. Não acordá-lo foi a coisa certa. Quem quer que Norton fosse, sua esposa, seus amigos, seus parceiros de negócios não iriam querer que se soubesse como e onde ele morreu.

Ela pegou duas fatias de pizza. Sentou-se no degrau sujo em frente à loja, cansada. Ela comeu com fome. Eu não posso mais fazer essa merda, ela pensou. O ponto de inflexão havia sido alcançado. Mas quantas vezes ela disse isso para si mesma? Ela se levantou, continuou em meio à multidão cada vez menor até o viaduto acima da via expressa, na Rua Victoria. Ela passou por cafés fechados, restaurantes tailandeses, entradas de hotéis, uma banca de jornal. Café Uno—famoso por seus grandes cafés da manhã, passou o Green Park Hotel, virou na Rua Burton, passou o parque com o coreto. Virou à direita na Darley, depois pegou uma viela velha, cheia de seringas usadas, que nem existia no Google Maps. Atravessou um quintal, subiu os degraus de madeira até a porta dos fundos do pequeno apartamento de dois quartos que ela dividia com sua filha, Molly e Salem.

Ela os amava mais do que a própria vida.

Todas as luzes estavam apagadas. Ela pegou um copo de água da torneira da cozinha sem acender as luzes, caminhou até o quarto, tirou todas as roupas, encontrou uma camiseta branca limpa pendurada em uma cadeira, pegou uma calcinha branca limpa de uma gaveta de cima e escorregou na cama. Colocou o braço em torno de Salem adormecido, aninhou-se nele e sussurrou, 'Cheguei, querido.' Pensou no dinheiro extra. Ela não teria que trabalhar por um tempo. Ela estava saindo da coisa toda. Talvez possa ser um novo começo.

CAPÍTULO DOIS

Carter 'Cash' Thompson estacionou seu Hyundai I30 em um estacionamento coberto na Avenida Ward, conhecida por seus traficantes de drogas. O Hyundai foi uma recompensa de seu chefe no Ministério Público por seus anos de serviço. Ele ria sempre que pensava nisso. Pedaço de merda, era. Mas não era um carro que você olhava e dizia, policial. É por isso que ele foi dado. Era eficiente, confiável e tinha mais ruído do que ele esperava. Talvez estivesse crescendo nele. Ele trabalhava sozinho. Esse era o acordo. Se ele precisasse de alguém, ele teria um cara.

Thompson tinha a pele morena clara, era bonito, um cara indígena. Ele era alto, com pouco menos de um e noventa e cinco, com braços longos, fortes e musculosos. Ele malhava, corria, praticava bodysurf, nadava na piscina do Clube Diggers também, então ele não era volumoso, mas resistente, magro e forte. Ele tinha a mão direita mais doce quando era necessário também. De quando ele treinou na Academia do Hector em Redfern. Teve algumas brigas também. Bater em suas costas seria. Ele sempre usava Levi's preto ou calça preta, uma camiseta preta ou uma camisa preta de manga comprida no inverno com uma jaqueta de couro marrom, como um paletó em grande estilo. Sapatos pretos fortes e pesados verão ou inverno. Assim ele não precisava pensar nas coisas.

Ele caminhou pela Avenida Ward fumando um cigarro, estava chovendo, tornando-a ainda mais úmida do que no dia e na noite anterior. A temperatura em meados dos trinta. Ele cortou pela Rua Roslyn, passando pelo Piccolo Bar, Round Midnight. Atravessou uma Estrada Darlinghurst quase vazia até o Motel Carrington. Subiu ao terceiro andar para o quarto 308, o último do andar, mais afastado da Estrada Darlinghurst. Largou o cigarro, esmagou-o com o calcanhar antes de chegar à fita amarela e preta. Os caras da cena do crime estavam lá. Era uma da tarde. Ele sinalizou para Kholi para perguntar se podia entrar.

'Sim, estamos quase terminando.'

Kholi era indiano. Um homem baixo e atarracado com cabelos grossos e ondulados de Bollywood. Um cara bonito.

O gordo estava deitado em uma maca laranja esperando que o saco fosse fechado.

Thompson disse, 'Essa maca é reforçada porque ele é um filho da puta gordo?'

Risos de alguns dos rapazes da cena do crime. Kholi deu um sorriso irônico e disse, 'Você sabe quem ele é?'

'Eu fui informado, sim. Norton. Mr. Big na Igreja New Light.'

'Você sabe como ele morreu?'

'Steele disse que se fodeu.'

'Sim, morreu no trabalho.'

'O que mais você encontrou?'

'Bolsa de homem sem dinheiro na carteira, celular, carteira de motorista, cartão de seguro de saúde, nada mais. Sem cartões de crédito. Pequeno pedaço de papel com um número nele. A senha dele, eu acho."

'Merda idiota,' disse Thompson. 'Vou ter que ver o quanto ela tirou, quem quer que seja, certo? A menos que fosse um garoto? Você vai me contar agora, certo?'

'Uma garota, sabemos disso pelo pau dele. Alguns cabelos castanhos claros em seu rosto também. Nenhuma impressão em lugar algum. Ela arranhou a área ao redor dos quadris, ambos os lados, talvez tentando sair debaixo dele. Duvido que fosse paixão, a menos que ele pagasse mais por isso. Pode ser um pouco de pele sob as unhas, que também pode ter sido lavada pelo ralo sob o chuveiro que ela tomou. Estou esperando uma correspondência de DNA.'

'Eu também, Senhor Kholi. A que horas ele morreu?'

'Apenas estimativa, por volta das três ou quatro da manhã.'

'Encontrado?'

'Às dez desta manhã pela camareira.'

'Alguma coisa no celular dele?'

'Ainda não quebrei a senha, mas essa não é minha área. Steele disse que a esposa não sabe. Ele disse que vai colocar os caras da tecnologia nisso.'

'Agradeço, Senhor Kholi.'

'Quer dar uma última olhada nele, Thompson?'

Thompson deu de ombros, abaixou-se e olhou para o homem. Filho da puta gordo e inchado. Deve ser o segundo em comando na Igreja New Light. Evangelistas Cristãos. Thompson não ligava para religião. Ele era um policial. Ele tinha visto o mal disso. Mas idiotas eram atraídos para a New Light. Alguns idiotas peso-pesado também. Atores famosos, homens de negócios e mulheres, todos os tipos de 'celebridades.' Antes da eleição mais recente, Bob Ellis, o Primeiro-Ministro do Partido Conservador havia começado sua campanha na Igreja New Light em uma tarde de domingo em Bondi Junction. Aleluia Irmão. Traga os votos.

'Eu terminei Senhor Kholi, esta é a sua área. Mais alguma coisa que você possa me dizer?'

'Na verdade não. Morreu no trabalho, como eu disse. Teremos que testá-lo para drogas e álcool. Sem drogas no quarto. A moça ou mulher tomou banho, vasculhou os pertences dele, roubou os cartões de crédito, limpou tudo e foi embora.'

Thompson olhou ao redor da sala. Viu o paletó no chão.

'O que está acontecendo lá?'

'Ah, sim, desculpe, Cash. Importante também. Alguém abriu um buraco no bolso interno do paletó. E eu quero dizer um trabalho de especialista, com um canivete ou algo parecido.'

'Certo, um pouco estranho.'

'Muito estranho. Deve ter visto ou sentido que havia algo ali.'

'Steele dirá qualquer coisa sobre isso.'

'Aparentemente, não é da minha conta.'

'Oh.'

'Mas foi a nossa garota?'

'Quem mais?'

'Pelo que entendi, o recepcionista noturno o

registrou', disse Thompson, 'mas ele foi para casa às sete da manhã.'

'Sim. O quarto é seu', disse Kholi. 'Tenho trabalho a fazer.'

Dois caras da ambulância vieram. Ergueram o excesso de peso Norton na maca e ao longo da varanda.

Thompson ficou no meio da sala e disse, 'Por que você veio aqui? Por que essa garota?'

CAPÍTULO TRÊS

RHIA ACORDOU ÀS DEZ DA MANHÃ. LEVANTOU lentamente a cabeça da cama. Esfregou os olhos, depois colocou as duas mãos para trás, apoiou-se nelas, orientando-se, pensando na noite passada, na caminhada para casa. O homem gordo e repulsivo que ela teve que empurrar para fora dela com o joelho. Ela pensou no dinheiro. O que ela poderia comprar com isso. Foda-se. Pode haver problemas ainda. Aquele recepcionista noturno. Ela tinha que consertar isso. Ela não sabia o quanto dizer a Salem, se alguma coisa.

Deixou-se cair na cama e fechou os olhos. Quando ela os abriu novamente, um pequeno rosto estava olhando para ela. Ela tinha cabelo castanho claro, usava calças de pijama multicoloridas, uma camiseta rosa manchada com um urso preto nela. Ela tinha sete, quase oito anos. Rhia sorriu de volta e disse, 'Te amo, baby.'

'Hora de levantar, Rhia.'

'Me chame de mãe, baby.'

'Hora de levantar comigo e Salem no sofá, assistir filmes, é sábado, nada de escola, você prometeu que levantaria.'

'Você pode pegar os cigarros da mamãe na cozinha?'

'Pegue você mesma,' disse a garota, voltando correndo para a sala.

Rhia sentou-se. Salem não tinha acordado quando ela se aconchegou nele ontem à noite. Ela pensou que poderia haver um velho maço de cigarros na cômoda, inclinou-se e abriu a gaveta de cima. Ela vasculhou a calcinha e as meias e encontrou um pacote macio de Kent. Um isqueiro azul claro também. Ela bateu um fora. Havia um cinzeiro debaixo da cama. Ela se abaixou, puxou-o para o colo, deitou-se, acendeu o cigarro ligeiramente torto. Salem tolerava que ela fumasse porque se sentia culpado por não trabalhar. Ele estava em liberdade condicional. Ele cumpriu o chamado tempo suave em uma prisão-fazenda perto de Wollongong. Mas Salem era magro, não tinha dinheiro, era facilmente intimidado em um lugar como aquele, não foi um momento fácil para ele. Ele apareceu na porta com óculos tecnológicos. A única pessoa no mundo que ainda os usa. Uma falha de marketing da mais alta ordem, mas Salem ainda os cavou. Nunca os tirava. Ele disse, 'Tudo bem, querida?'

'Sim, obrigada.'

Ele riu e disse, 'Não houve drama ontem à noite?'

'Não. Venha me abraçar. Tire os malditos óculos.'

Ele caminhou até ela; ela colocou o cigarro no cinzeiro em cima da cômoda. Eles se abraçaram fortemente. Ela levantou. Salem segurou sua nádega direita com a mão e disse, 'Eu te amo mais do que panquecas.'

Ela riu, ele ergueu os óculos tecnológicos, beijou seu hálito esfumaçado. Ela deslizou a língua em sua boca, imitou-o agarrando sua bunda, eles se beijaram por mais um minuto, então ele a empurrou de volta para a cama e disse, 'Tome um banho, escove os dentes, fedorenta.'

'Oh, você', ela disse sorrindo. Salem virou-se e caminhou de volta para estar com Molly na sala de estar assistindo a filmes antigos na TV.

CAPÍTULO QUATRO

Thompson sentou-se na única poltrona do quarto 308 do Carrington. Ligou para seu chefe, Gavin Steele.

'Thompson?'

'Sim. Kholi disse que os cartões de crédito de Norton foram roubados. Você já contatou a esposa?'

'Sim.'

'Foda-se, Steele. E?'

'Ela está preocupada com um USB que o marido tinha com ele. Disse que o mantinha com ele o tempo todo.'

'Havia dinheiro?'

'Ela acha que ele carregava três ou quatro mil com ele. Fazia isso o tempo todo, aparentemente.'

'Uma boa pontuação para a nossa garota trabalhadora. Além disso, seu paletó estava no chão da sala. Algo foi cortado do forro e sim, agora sei que foi o USB.'

'Tem que ser.'

'Ela parece chateada com ele?'

'Mais envergonhada do que tudo, mas ela está

falando sério sobre este USB. Ele contém algo grande, sobre o qual ela não quer me contar.'

'Algum dinheiro retirado de seus cartões de crédito?'

'Ainda esperando um telefonema.'

'É lógico que a garota vai retirar ou já retirou o limite diário. A maioria dos cartões saca dois mil, aí ela joga fora.'

'Esse é o seu trabalho. Eles também contrataram um investigador particular.'

'New Light fez?'

'Sim, eles não vão me dizer quem.'

'Eu vou passar pelo quarto. Kholi é normalmente impecável em tudo o que faz, então não espero encontrar nada, mas farei tudo do mesmo jeito.'

'A garota é um problema. Ela precisa ser encontrada.'

'Eu sei disso. Me ligue quando o banco responder. Dê-me o telefone da esposa.'

Steele leu o número para ele e disse, 'Pega leve com ela. Essas pessoas estão ligadas ao PM.'

Thompson apertou o botão de desconectar em seu celular.

Eu não dou a mínima, ele pensou. Estou mais preocupado com a garota.

Ele ligou para a Senhora Norton,

'Alô.'

'Senhora Norton, meu nome é Thompson. Eu trabalho para o Ministério Público. Estou investigando a morte de seu marido.'

'Você é um detetive, Senhor Thompson.'

'Eu carrego um pouco mais de peso do que isso, senhora.'

'Entendo.'

'O que havia no USB, Senhora Norton? Que cor é?'

'Senhor Thompson, não posso deixar de enfatizar a importância de recuperar aquele USB. Era azul claro. O conteúdo não é da sua conta. Por favor, não olhe para os dados no USB. É extremamente privado. Espero que você encontre quem matou meu...'

'Ele não foi morto. Ele teve um ataque cardíaco. Você conhece as circunstâncias...'

'Sim eu sei. Por favor, o suficiente. Já tive o suficiente por um dia. Encontre aquele USB, Senhor Thompson. A Igreja quer e precisa dele de volta.'

'Sim, senhora.'

'Obrigada. Podemos fazer algumas coisas para você, Senhor Thompson.'

'Certo,' disse ele.

Pressionou finalizar.

Pensou, foda-se.

Thompson levantou-se da poltrona. Com raiva de ser falado assim. O que há naquele pequeno USB azul claro? Ele virou a cama de cabeça para baixo. Nada. Não havia guarda-roupa, apenas um cabide de metal. Ele entrou no banheiro. Verificou o chuveiro. Tirou a tampa da cisterna do banheiro. Nada. Passou as mãos pelos parapeitos da janela. Sacudiu as cortinas. Olhou nas luminárias.

Nada.

Hora de encontrar o recepcionista da noite.

CAPÍTULO CINCO

Thompson saiu do quarto do motel. Caminhou ao longo da varanda até as escadas e depois desceu para a área da recepção. Uma jovem de cabelos ruivos curtos e olhos castanhos sonolentos estava sentada no balcão da recepção. Ela sorriu para ele mostrando os dentes que haviam sido clareados profissionalmente. Ela provavelmente fumava, ele pensou.

Ele disse a ela, 'Meu nome é Thompson. Eu trabalho para o Ministério Público. Qual o seu nome?'

'O que?'

'Qual. É. Seu. Nome?'

'Bella.'

'Quem estava trabalhando no turno da noite ontem?'

'Wayne.'

'Wayne quem?'

'Não sei o sobrenome dele.'

'Há quanto tempo ele trabalha aqui?'

'Três semanas.'

'O nome e número dele, por favor.'

'Eu... eu, hum, o gerente de plantão. Ele está lá atrás, espere um segundo.'

'Obrigado.'

Um cara de camisa branca, calça preta e usando óculos escuros finos saiu com Bella do escritório nos fundos.

'Sou Henry. Sou o gerente de plantão.'

'Meu nome é Thompson. Eu sou do Ministério Público. Preciso do nome completo, endereço e número do celular de Wayne.'

'Não posso dar...'

'Escute, Henry. Eu sou um policial. O que você não entende sobre isso?'

Henry deu de ombros, facilmente derrotado, voltou para o escritório dos fundos e voltou alguns minutos depois com uma folha de papel A4 com o nome, endereço e número do celular de Wayne escritos. Entregou a Thompson, que disse, 'Ele é um cara novo. Ele é ocasional ou o quê?'

'Ele começou algumas semanas atrás,' disse Henry, 'O cara anterior saiu sem avisar. Wayne é amigo do proprietário.'

'Qual é o nome do proprietário?'

'Les Connor.'

'Tem os detalhes dele?'

Henry deu de ombros novamente, pegou uma caneta e um bloco de notas da mesa, anotou o nome e o celular do proprietário e disse, 'Mais alguma coisa?'

'Você conhece uma garota trabalhadora que vem aqui com cabelo castanho claro? Ela pode ter estado aqui com Norton, o cara grande e gordo que morreu aqui ontem à noite.'

'Não.'

'Não. Bem desse jeito. Nenhum pensamento? Nenhuma ideia?'

'Não. Ninguém regular.'

'Tem certeza disso?'

'Cabelo castanho claro, Senhor Thompson, não é uma boa descrição.'

'Não, só que ela pode ser regular.'

'Entendo, mas não, podem ser mil pessoas.'

'Mil *mulheres* que fazem trabalho *sexual*. Pense bem sobre isso, Henry, certo?'

'Sim, eu entendo.'

Bella deu a Henry um olhar de compaixão, o que fez Thompson pensar que ela estava transando com ele.

'Você também, Bella, pense bem. Eu voltarei. Wayne é muito importante agora. Importante demais.'

———

Ele estava sentado em seu carro, olhando para a folha A4. O Recepcionista Noturno era Wayne Hampton. Ele morava na Rua Reuset, Leichhardt. Ele esfaqueou o número do celular de Wayne em seu celular Samsung. Esperou. Ele tocou até cair. Ele tentou novamente, a mesma coisa. Ligou o carro, saiu do estacionamento e entrou na Avenida Ward, foi até a Rua Victoria Street e até a Rua Oxford, virou à direita e disse, 'Toque Sade.'

The Sweetest Taboo saiu dos alto-falantes, ele relaxou um pouco, pensou em Sade dançando de pés descalços no palco, ainda incrivelmente linda em seus cinquenta e tantos anos. Ele passou pelo Hotel Lansdowne, cenário de crimes de embriaguez em sua juventude, continuou na Estrada Parramatta em direção a Leichhardt.

Ele encontrou a Rua Reuse e o apartamento onde Wayne morava. Leichhardt era conhecida por seus cafés, população italiana e por ser amigável a lésbicas. Anos atrás, foi apelidada como Lesbo-Hardt. Thompson não sabia se o apelido ainda se aplicava, mas sempre ria disso. Havia quatro apartamentos no quarteirão. Wayne morava no número dois.

Thompson subiu um pequeno lance de escadas até um gramado, com canteiros de cada lado. O número dois estava à esquerda. Não é um lugar feio para um recepcionista noturno ocasional. Ele bateu à porta. Esperou quinze segundos, bateu de novo. Nada. Ele foi até uma janela com uma gaiola de aço na frente dela. As cortinas pretas estavam bem fechadas. Ele voltou para a porta. Tirou sua chave mestra elétrica movida a bateria e perfurou a fechadura.

Abre-te Sésamo.

Ele entrou no corredor. Fedia. Sua arma estava apoiada em seu quadril direito; ele soltou a presilha do coldre. Manteve a mão na arma, solta, não apertada, pronta para ir. Esse cheiro. Ele entrou na sala à sua direita. Wayne estava pregado na parede oposta, nu, estilo crucificação, não no alto, mas na altura dos olhos. A merda estava escorrendo por suas pernas. Outra mancha molhada de urina e tudo mais no chão embaixo dele. Manchas de sangue enferrujadas no dorso de ambos os pés, nas palmas das mãos onde os pregos foram martelados. Pregos grossos, porra, segurando-o contra a parede. Sua boca estava cheia com o que parecia ser uma cueca, amarrada em volta da cabeça com um barbante que cortava sua pele. Foda-me. Ele deve ter sido drogado primeiro, pensou Thompson, em parte na esperança, porque teria sido uma morte terrível e barulhenta. Havia uma ferida em seu lado para completar o cenário de morte semelhante à de Cristo. Ele olhou de perto, havia marcas de seringa na curva de ambos os braços. Ambas frescas e velhas. Um drogado? Ganhou um cala-boca, talvez? O andar de cima pode ter pensado que era, porra, reformas. Ele iria e perguntaria. Ele digitou números em seu celular. Uma voz atendeu.

'Alô.'

'Senhor Kholi, tenho outro para você.'

'Onde?'

Ele lhe deu o endereço. Kholi disse, 'O que é?'

'Crucificação, você já fez uma dessas antes?'

'Muitos anos atrás, antes de nos conhecermos.'

'Eu não toquei em nada além da porta da frente para entrar aqui. Espero que ele tenha sido drogado antes. Você pode me trazer um traje de cena do crime? Quero ficar por dentro de tudo no apartamento, certo?'

'Claro, Thompson.'

'Mais uma coisa.'

'Sim.'

'É o recepcionista noturno do Carrington.'

'Entendido.'

'Vou mandar uma mensagem com o endereço.'

'Até logo, Thompson.'

Thompson saiu, acendeu um cigarro. Havia um banco no gramado. Sentou-se nele, tragou fundo o cigarro quase o esmagando entre os dedos. Foda-me. Esta foi uma mensagem. Ela disse, não olhe para isso. Esqueça que você já viu aquele bastardo gordo no quarto do motel. Ele fumou o cigarro devagar até o fim. Deixou cair no gramado, pisou nele. A ferida na lateral. Mensagem religiosa da New Light ou alguém que quer que todos pensem que é a New Light?

Ele se levantou, atravessou o gramado até o número um. Havia uma campainha. Ele apertou com força, ouviu um carrilhão alto. Nada. Apertou, de novo e de novo, nada. Ele não poderia usar sua ferramenta nessa, haveria problemas. Ele subiu as escadas, viu as cortinas marrom-claras na janela da esquerda ligeiramente fechadas. Ele estava sendo observado. Por quanto tempo? Ele bateu à porta. Um homem de quarenta e tantos anos abriu a porta. Ele era meio careca, meio bonito do jeito dos intocáveis de Sean Connery. Camiseta manga comprida preta, jeans preto, botas de deserto pretas. Olhos castanho-escuros como gotas de chocolate. Quem temos aqui? Philip maldito Adams, Thompson pensou, sorrindo um pouco. O homem sorriu, disse,

'Como posso ajudá-lo?'

'Meu nome é Thompson. Trabalho para o Ministério Público.'

'Entendo.'

'Qual o seu nome?'

'Sarhan Al-Abadi.'

Árabe. Ele o havia confundido com mestiço, mas agora olhou mais de perto e viu que estava errado.

'Você conhece Wayne Hampton?'

'Lá embaixo, sim. Nós dois escrevemos. Eu sou um escritor. Wayne, ele tenta ser publicado, mas um escritor mesmo assim, você sabe. Se você escreve, então você é...'

'Entendo. Você ouviu algum barulho no apartamento de baixo hoje?'

'Eu pensei ter ouvido algumas marteladas, uma broca também. Do que se trata?'

'Lamento dizer isso, senhor, mas Wayne Hampton está morto.'

'Merda,' ele disse suavemente, 'eu falei com ele alguns dias atrás. Ele conseguiu um novo emprego em um motel recentemente. Disse que um lugar estranho seria bom para...'

'Entendi, senhor. Você vai ter que ficar no seu apartamento até a chegada da equipe da cena do crime. Eles vão tirar uma amostra de DNA. Olhar através de seu apartamento. Você poderá ficar e observá-los. Provavelmente também darei uma olhada no seu apartamento, em breve. Está me acompanhando?'

'*Entendo*, Senhor Thompson,' disse ele, e um leve sorriso cruzou os lábios de Al-Abadi. Thompson pensou, porra, assista, cara.

Ele desceu as escadas. O Senhor Al-Abadi, nem um pouco assustado com um 'policial' do Ministério Público ou com a morte de seu amigo escritor. Não chocado. Alarmado, talvez, mas não chocado ou assustado. Talvez ele tenha estado por aí, visto o mundo. Muito arrogante pela metade ou um homem confiante. Havia uma diferença. Thompson teria que descobrir. Ele esperou no banco que Kholi chegasse.

———

Thompson saiu do apartamento no térreo balançando a cabeça. Limpo como um apito, a menos que Kholi tivesse algo. Ele tirou os protetores elásticos dos sapatos um a um. Abriu o zíper do macacão laranja, tirou o gorro de elástico. Colocou os sapatos de volta. Porra, estava quente. Ele se sentou no banco novamente. Deu uma espiada na janela do andar de cima. Ele estava sendo observado novamente. Ele não gostou. Ninguém tinha saído do número três no andar de cima, provavelmente não em casa. Tirou um Marlboro Light do pacote macio e acendeu-o com um isqueiro Bic laranja. Soprou a fumaça para o céu. Como um recepcionista noturno poderia pagar um apartamento de dois quartos em Leichhardt quando ele trabalhava há apenas três semanas? Há quanto tempo ele morava aqui? Perguntas para a imobiliária, não para Al-Abadi. Ele teve que alugá-lo, não possuí-lo, com certeza.

Ele fumou sentado bem quieto. Isso é foda. Ele largou o cigarro aos pés, deixou queimar. Respirou lentamente para dentro e para fora. Ele voltaria para o motel. Dar outra olhada no quarto. Questionar um pouco mais o gerente de plantão e a recepcionista. Descobrir quando ele poderia falar com a outra funcionária, a camareira que encontrou Norton. Mas primeiro outro tiro no homem que o estava observando.

Ele bateu à porta. O calvo Al-Abadi a abriu e disse,

'Eles estão vindo agora?'

'Não. Posso entrar? Tenho mais algumas perguntas para você.'

'Certamente.'

Ele deu um passo para o lado, deixou Thompson entrar e disse, 'Venha por aqui' e caminhou rapidamente pelo curto corredor até a sala de estar à direita. O apartamento, idêntico em layout ao apartamento de baixo, exceto que este tinha um enorme e caro sofá de couro preto e poltronas combinando, enquanto o recepcionista da noite provavelmente comprava suas coisas na AMart ou na Fantastic Furniture. Havia três grandes estantes cheias de livros ao longo das paredes. Sem TV. Um pequeno sistema de som.

'Você não assiste TV?'

'Eu assisto no meu laptop. É suficiente para mim. Eu gosto de sentar na cama, assistir no meu laptop. Não quero a obstrução de uma grande TV no quarto. A sala é minha sala de leitura, embora eu tenha uma TV e um DVD em meu escritório, que é uma sala de escrita. Eu os tiro para assistir a filmes especiais que não consigo em streaming. Ou quando eu simplesmente devo ter a tela grande. Estou te entediando?'

Foda-se, Cash pensou, mas disse. 'Não. Quem é a imobiliária aqui?'

'Andersons.'

'Posso ter o número deles?'

'Agora?'

'Sim.'

'Está no meu caderninho preto no escritório.'

'Vou esperar,' disse Thompson, irritado com o jeito casual de Al-Abadi.

Ele saiu, voltou alguns segundos depois, leu o número para Thompson.

'Obrigado. Você sabe se Wayne é dono ou alugou o apartamento?'

'Ele estava alugando, mas disse que o proprietário, que também conseguiu o emprego para ele, agora estava incluindo o aluguel em seu salário, um acordo que os dois tinham. Não faço ideia de quanto ele ganhava. Ele estava lutando para pagar o aluguel antes disso. Ele me disse. Um menino doce, mas nervoso.'

'Ele já mencionou drogas para você?'

'Não.'

'Você já pensou que ele estava usando?'

'Eu, não, talvez, sim, maconha, ele falou sobre ficar chapado uma vez.'

'Você fuma maconha, senhor?'

'Sem comentários.'

'Você parece saber muito sobre ele. Ele confiava em você?'

'Não muito. Nos conhecemos quando checávamos nossas caixas de correio. Quando eu disse a ele que eu era um escritor, ele não acreditou. Mostrei a ele meus livros, disse a ele que ganhava bem com isso... parecia motivá-lo. Como se ele não pudesse acreditar que você pudesse ganhar dinheiro escrevendo.'

'Você se sentiu atraído por ele?'

'Não.'

'Ele recebia visitas?'

'Eu só vi um homem, além do proprietário.'

'O proprietário é Les Connor.'

'Sim.'

'Você aluga ou é proprietário, senhor?'

'Eu alugo do Senhor Connor.'

Não é um figurão, pensou Thompson.

'Sobre o homem que visitou?'

'Ele era um homem grande e obeso. Eu o vi quatro ou cinco vezes.'

Thompson hesitou. Ele tinha uma foto de Norton? Não.

'Tenha paciência comigo, senhor. Preciso fazer um telefonema lá fora.'

Thompson ligou para a Senhora Norton.

'Betty Norton falando.'

'Senhora, é Thompson, do Ministério Público de novo.'

'Sim, Senhor Thompson.'

'Você pode me enviar uma foto recente de seu marido? Preciso mostrá-la a alguém para ver se ele pode identificá-lo. É importante. Eu preciso que você envie para o meu número de celular. Você pode fazer isso?'

'Não sou completamente inútil, Senhor Thompson. Vou enviá-la assim que você desligar e, por favor, pegue o USB de volta. A Igreja estará a seu serviço e isso não é pouca coisa. Deus vai agradecer. Ficaremos em dívida com você, Senhor Thompson, e isso não é pouca coisa quando a Igreja está envolvida.'

'Eu vou, eu vou,' disse ele.

Encerrou a chamada.

Deus vai me agradecer. A Igreja estará a meu serviço. A crucificação fazia parte do acordo, senhora? Ela estava insinuando suborno, novamente. Fazendo isso com total arrogância. Sem medo de retribuição. Como ela poderia? Ela trabalhava para Deus.

A foto chegou. Ele entrou, mostrou Al-Abadi e disse, 'É este o homem que costumava visitar Wayne?'

'Sim, é ele. Tenho certeza.'

Thompson sentou-se.

Porra.

'Quem mora no apartamento três?'

'Diane, ela é administradora de imóveis. Linda mulher loira. Trabalha muito. Ela só estará em casa depois das seis, garanto.'

'O sobrenome dela?'

'Ah, Keating, acho, sim, é isso.'

Esse cara vê tudo porque fica em casa o dia todo trabalhando ou bisbilhotando. Thompson queria pressioná-lo mais sobre Norton e Les Connor, o proprietário. Mas chega por enquanto. Deixe-o não suar tanto, mas pensar em tudo por um tempo. Se ele estivesse envolvido com a Igreja, as coisas aconteceriam. A garota era a coisa mais importante agora. Ele não queria encontrá-la morta como Wayne. Esses vadios da Igreja eram pessoas sérias. O gordo deles estava morto, acabou. Nada a ser feito por ele, mas havia muito mais nisso. Vidas foram destruídas aqui. Les Connor também estava nessa pilha de merda. Wayne possivelmente um drogado, assassinado por quem?

'Que tipo de romance você escreve?'

'Crime.'

'Certo, claro, você faz. Um certo Senhor Kholi e sua equipe chegarão em breve.'

'Não vou a lugar algum.'

'Bom saber.'

Thompson desceu as escadas novamente quando Kholi saiu do apartamento de Wayne e disse, 'Alguma coisa?'

'Nada. Não, não nada, algumas amostras de cabelo, mas parecem pertencer ao falecido. Vamos testá-las, mas foi um trabalho profissional, Cash. Você tem trabalho a fazer.'

'Sim. Você pode passar pelo apartamento de cima? Wayne passava um tempo lá. Pode haver uma correspondência para ele, mas se estiver no quarto, quero saber. Me acompanha?'

'Eu faço.'

'Eu preciso de *algo* Senhor Kholi, oh e Norton passou um tempo na casa de Wayne. Mais uma vez, você acompanha. Os lençóis. O banheiro. Pia do banheiro. Peça a um de seus homens para revisá-los novamente.'

'Farei. Eu ligo para você quando terminarmos.'

'Conseguiu alguma coisa do telefone de Norton?'

'Mais uma vez, não é minha área, Cash.'

'Sim, desculpe. Estou girando aqui; Estou procurando. A ferida na lateral. Descubra o melhor que puder o que foi usado. Os pregos. De onde eles vieram, mas estou ensinando seu trabalho, desculpe.'

Thompson desceu as escadas, entrou no carro. Ligou, abriu a janela do lado do motorista um ou dois dedos. Acendeu um cigarro e disse, 'Toque, *Warumpi Band*, Holy Road.'

A música começou a fluir pelos alto-falantes, ele aumentou o volume, deu uma forte tragada em seu Marlboro Light. Partiu serpenteando pelas ruas secundárias até a Estrada Parramatta, voltando para o Carrington. Ele não tinha se saído tão mal, pensou consigo mesmo, para um cara negro que cresceu em Redfern, antes da reurbanização. Mas e Wayne, pregado contra a parede lá atrás, quem lutaria por ele?

Thompson lutaria.

CAPÍTULO SEIS

Rʜɪᴀ ᴇɴᴛʀᴏᴜ ɴᴀ sᴀʟᴀ ᴅᴇ ᴇsᴛᴀʀ ᴅᴇ ᴄᴀʟᴄɪɴʜᴀ branca, camiseta branca, sentou-se no sofá ao lado de Molly, virou-se, beijou-a na bochecha enquanto a abraçava com força.

'Rhia, pare com isso, você fede a cigarro, por favor, pare.'

Rhia se levantou, missão cumprida, sorriu e disse, 'No meu tempo nós respeitávamos nossos pais.'

Salem e Molly riram juntos, Molly disse, 'Não, você não.'

Rhia riu com eles, entrou no banheiro, gritou,

'Depois do meu banho, vamos cortar e pintar meu cabelo, ok, Molly?'

'OK MÃE.'

Rhia se despiu, entrou no chuveiro se perguntando o que diabos ela iria dizer a Salem? O dinheiro extra seria ótimo. Ela poderia arriscar o caixa eletrônico mais uma vez? Outros dois mil. Ela ajustou a água, deixando-a quente, tentou resolver as coisas em sua cabeça. Quanto e o que dizer? Salem sabia quando ela estava mentindo.

Ela saiu. Enrolou a toalha em volta de seus seios

pequenos como havia feito na noite anterior. Olhou-se no espelho. Ainda assim, fique bem, querida, ela pensou. Vinte e cinco anos, você tem uma filha de quase oito anos, um garoto mais novo de vinte e dois anos. E você fodeu um cara até a morte na noite passada. Jesus. Merda. Foda-se. Ela foi para o quarto, escolheu uma calcinha preta limpa, jeans, uma camiseta verde limpa com *vida de estúdio* escrita nela. Andou descalça até a sala e disse, 'Molly, aqui estão cem dólares. Eu quero que você compre tinta de cabelo, não loira, mas branca, como o peróxido branco, não é chamada assim, mas a mais branca que você conseguir, e tesoura, e a próxima parte é importante, querida, você compra a tinta em uma loja, a tesoura em uma loja diferente. Você entendeu?'

'Rhia eu... Que porra é essa?'

'Não use essa palavra para mim.'

'Eu...'

'Ei, você pode ficar com o troco. Sugiro que você compre para Salem seus chocolates favoritos e algo para você, se quiser, ou guarde.'

'Você só deu...'

'É o suficiente.'

'Por que eu tenho que ir a duas lojas?'

'Lembre-se, eu disse a você sobre ser esperta nas ruas. Este é um desses momentos. Você não faz perguntas, você faz assim.'

Molly olhou para Salem, ele disse, 'Faça o que ela disser. É importante ou ela não pediria. Agora vá.'

'Tudo bem, tudo bem,' disse ela, enfiando a nota verde em seu macacão azul curto, abrindo a porta dos fundos e saindo.

Salem disse, 'O que está acontecendo Rhia?'

Salem tinha cerca de um e oitenta de altura. Ele

usava óculos tecnológicos quase o tempo todo. Os circulares sombreados escuros. Ele cumpriu pena por delitos tecnológicos, invadindo sites do governo. Ele era magro, com cabelos loiros na altura do colarinho, parecia mais jovem do que seus vinte e dois anos com suas bochechas macias que raramente viam uma navalha. Uma covinha no queixo, mas ele tinha algumas linhas na testa. A vida não tinha sido fácil para o menino órfão, criado sob os cuidados do estado até os dezessete anos.

'Aqui,' disse ela, entregando-lhe o USB azul claro.

'Onde você conseguiu isso?'

'Encontrei em um quarto de motel.'

'Deitado lá esperando por você.'

'Sim.'

'Você disse a Molly para comprar tintura de cabelo e tesoura, para ir a duas lojas diferentes para fazer isso.'

'E?'

'Você está mudando seu visual. Você não quer que ninguém saiba o motivo. Desembuche, Rhia.'

'Não quero que você se meta em problemas.'

'Se você está com problemas; Estou com problemas.'

'Foda-se.'

'Uh, oh.'

'Você verifica o USB. Eu vou te contar o que aconteceu, mais tarde, depois que você ver o que está nele. Negócio?'

'Negócio.'

Salem tirou o laptop do colo e caminhou até uma mesa que havia montado no canto da sala de estar. Colocou fones de ouvido, conectado via bluetooth ao laptop, tocou sua fita mista favorita, principalmente merda eletrônica, segundo Rhia. Ele vinha fazendo alguns hacks em pequena escala ultimamente. Vinte ou trinta dólares de contas em alguns dos quatro grandes bancos. As pessoas não percebiam que ele havia sumido ou, se notavam, balançavam a cabeça se perguntando que porra é essa? Não tenho certeza se devo denunciá-lo. Eles mesmos cometeram um erro? Nenhum saque aparece na conta, o dinheiro desaparece sem deixar vestígios. Ele era muito genial nessas coisas, mas foi pego mirando alto demais. Os caras da tecnologia bancária também são geniais. Os bancos os recrutam fora da universidade da mesma forma que o governo costumava recrutar espiões nas universidades de elite nos anos 50 e 60. Talvez ainda o fizessem.

Alguns dos técnicos bancários são ex-hackers. É uma batalha constante para ficar à frente do jogo. Mas se um cliente relata menos de $ 50 faltando, os técnicos não se envolvem, é um problema de atendimento ao cliente. Feito pelos caras e garotas do setor 7 G ou sei lá o quê.

Ele colocou o USB azul claro na porta do laptop, esperou, os números voaram por toda a tela indiscriminadamente. Salem podia ver um padrão, mas não tinha certeza do quê. Por que eles são assim, ele se perguntou? Ele começou a digitar o código em uma velocidade super rápida, os números e as letras voando pela tela. Ele disse a Rhia acima da música e da TV,

'Querida, isso é incrível.'

'Estou feliz', ela disse sorrindo para si mesma.

Seu garoto estava perdido novamente.

Salem continuou. Rhia assistia à TV, a versão britânica de The Chase. Ela gostava do negro careca,

Sean. Ela jurou por Deus que ele respondeu algumas perguntas deliberadamente erradas para fazer disso um jogo. Ao terminar, ela olhou para Salem. Ele continuou digitando com um sorriso no rosto que às vezes se transformava em uma carranca. Quem era o gordo que morreu, ela se perguntou novamente? Não o nome dele. Ela sabia disso. A coisa dele? O que ele fez? Quem? O que havia naquele pequeno USB? O que ela deveria dizer a Salem?

Molly voltou para casa, colocou uma pequena caixa de papelão com chocolates misturados ao lado de Salem em sua mesa, ele disse, 'Obrigado, Molly, do Sam's?'

'Sim.'

'Legal, você é a melhor.'

'Eu sei,' ela disse rindo.

'Aqui, Rhia,' ela entregou a ela um saco plástico branco, 'a tesoura que comprei na loja de conveniência asiática e a tinta na farmácia.'

'Boa menina. Você quer me ajudar, querida?'

'Sim por favor.'

'Então vamos ao banheiro. Pegue uma cadeira na mesa da cozinha, uma toalha para me enrolar.'

'Isso será divertido,' Molly disse.

'Sim, será, minha querida menina.'

CAPÍTULO SETE

'Você realmente não sabe nada sobre nada, não é, Senhorita Bois. Boa sorte lá dentro.'

'Seu idiota. Eu...' Cash ligou para o Carrington enquanto dirigia para garantir que Henry, o gerente de plantão, ficasse onde estava, e Bella também. No estacionamento da Avenida Ward, ele se sentou no Hyundai, ligou para Les Connor, o dono do Carrington, mas caiu na caixa postal novamente. Thompson deixou uma mensagem.

'Aqui é Carter Thompson. Eu sou um investigador do Ministério Público, da próxima vez que eu ligar para você, porra, atenda seu celular. Um homem morreu no seu motel ontem à noite. Um homem que você conhece com uma profissional do sexo que você pode ter fornecido para ele. Lembre-se, você fodidamente atenda meus telefonemas.'

Acendeu um cigarro ao sair do carro. Caminhou pelas ruas familiares em direção ao Carrington. Kings Cross podia ser horrível durante o dia. Esfarrapado, sujo, sem nem um pingo de falso glamour. A degradação era mais popular do que nunca. Não foi sempre assim, costumava ser cheio de boêmios; pessoas de teatro e cinema; os escritores gravitavam lá, mas as drogas e a obscenidade assumiram o controle e, quando tentaram limpá-lo, tiraram a maior parte de seu caráter. Dois anunciadores entediados sentavam-se em banquinhos do lado de fora de um clube de shows de sexo, conversavam, fumavam. Algumas trabalhadoras do sexo drogadas exerciam sua profissão, desesperadas por um John, que então pagaria pela dose.

Ele entrou no Carrington. Henry e Bella estavam juntos na recepção. Thompson acenou com a cabeça para eles, Henry disse, 'Vamos sair para os fundos?'

Levantando um painel de madeira no final do balcão, Thompson atravessou a abertura e seguiu os dois até o escritório dos fundos. Todos eles se sentaram em cadeiras de rodízios pretas no espaço pequeno e apertado. Thompson disse, 'A primeira coisa que tenho a dizer a vocês dois é que Wayne está morto. Não posso comentar mais sobre isso. Mas vocês precisavam saber. Vocês também precisam saber que a morte dele e a morte do homem na noite passada não podem ser comentadas. Vocês não podem contar a ninguém. Não podem falar sobre isso com o dono, ninguém.'

Bella ficou chocada. Sua boca começou a se contrair, mas ela não chorou. Ela se sentava ereta como se estivesse em uma foto da escola, mas não sorria, apenas um olhar de pavor. Henry assentiu, fez uma careta e balançou a cabeça. Thompson disse, 'Vamos seguir em frente. Uma garota ou uma mulher mais velha com cabelo castanho claro estava no quarto 308 quando o homem morreu ontem à noite. Ela provavelmente é uma trabalhadora, uma trabalhadora do sexo, talvez não seja da rua, mas provavelmente já esteve aqui antes.'

Nem Henry nem Bella falaram.

Thompson disse, 'Henry, você tem uma política para isso, certo?'

'Não há nada escrito,' ele diz, 'mas sim, nós conhecemos algumas delas. Mas muitas vezes o hóspede reserva o quarto, a garota sobe direto sem falar ou consultar a gente. Podemos estar lá atrás, podemos reconhecê-las e deixá-las ir.'

'Uma garota trabalhadora com cabelo castanho claro, ela provavelmente já viu o mesmo cara antes. Toca algum sino?' Ambos balançaram a cabeça. Thompson disse, 'Vamos lá, pessoal.'

Henry criou coragem e disse, 'Pode ser qualquer uma.'

'Talvez eu tenha uma filmagem de CFTV amanhã de manhã. Mas eu preciso saber. Vocês dois conheciam o homem que morreu? Ele já esteve aqui antes?'

'Eu não o conheço,' Bella disse. 'Não o vi fazer o check-in.'

'Henry?'

'Sei que ele é da Igreja.'

'Como você sabe que ele é da Igreja New Light?'

'Da última vez que ele veio aqui, o proprietário ligou antes e disse para dar a ele uma chave, sem assinatura, sem nomes, nada no sistema de computador. Apenas uma chave do quarto. Disseram para usar o nome de David Jones apenas para identificação, deixar o quarto indisponível no sistema de computador.'

Thompson riu, 'O velho David Jones anda por aí.'

Henry também conseguiu esboçar um sorriso.

Thompson perguntou, 'O proprietário faz muito isso? A coisa de David Jones?'

'Talvez dez ou doze vezes por mês.'

'Garotos e garotas menores de idade?'

'Talvez', disse Henry, 'é muito difícil dizer, mas alguns estariam no limite, na melhor das hipóteses. Eu acho que é por isso que eles fazem isso. Com idade suficiente para ser legal, mas parecendo muito mais jovem.'

'É uma observação e tanto, Henry. Não sei, mas talvez eu possa acabar com toda essa merda,' disse Thompson.

'Estou aqui há um ano, mas o cara de quem assumi disse que eles vêm aqui há anos.'

'Homens e mulheres trepando com meninos e meninas.'

'Sim.'

'Mulheres também?'

'Sim.'

Thompson estava acabado. Ele precisava de uma foto da garota com quem Norton estava ou uma foto do CFTV. Ele se perguntou se Henry e Bella e quem mais trabalhava lá diriam essas coisas no tribunal, fariam declarações. O investigador particular da Igreja New Light chegaria até eles em breve.

'Volto amanhã. Preciso que pensem nas conexões entre o proprietário e esses homens. Como podemos provar que eles estiveram aqui. Recibos de cartão de crédito, coisas assim.'

'Tudo bem, vou procurar,' disse Henry. Bella acenou com a cabeça, colocando a cabeça no ombro de Henry.

'Mais uma coisa. Wayne já veio aqui antes de começar a trabalhar?'

Ambos balançaram a cabeça. Bella começou a chorar.

Thompson agradeceu e saiu. Steele ligou para ele enquanto caminhava para o Andiamo Café, a algumas centenas de metros de distância, na Rua Victoria.

'Um cartão de crédito foi usado no caixa eletrônico do banco Oz Avenida Springfield às quatro da manhã. Dois mil retirados. A câmera não está funcionando no caixa eletrônico. Não funciona há meses, ninguém se preocupou em consertá-la.'

'Bancos fodidos. OK, sugiro deixar a conta aberta. Nossa garota pode voltar para mais uma fatia de torta de cereja.'

'Tudo bem. Vou avisar o banco.'

'O outro cartão?'

'Nada.'

'Não consigo que esse idiota do Les Connor, dono do Carrington, atenda meus telefonemas. Você tem o endereço dele?'

'Eu pego.'

'Um cara morre em seu motel. Um companheiro de igreja e ele fica quieto e tímido, filho da puta. Parece que o motel era usado o tempo todo para encontros sexuais, alguns legais, outros não, de acordo com o gerente de plantão. Nenhum computador registra todos os homens que assinam *David Jones*, simplesmente como uma forma de identificá-los. Algumas mulheres também.'

'Bom trabalho, Thompson.'

'Acho que consegui o gerente de plantão. Ele vai procurar recibos de cartão de crédito e assim por diante, mas estou preocupado que o IP da Igreja possa chegar até ele e os outros funcionários, você sabe, na linha de você quer manter seu emprego, você sabe o que aconteceu com Wayne. Pode ficar assustador para eles.'

'Você precisa encontrar a garota, Thompson.'

'Você disse que eu poderia ver o CFTV amanhã?'

'Sim, organizado.'

A chamada terminou. Thompson atravessou o viaduto como Rhia havia feito nas primeiras horas da manhã. Parou no Andiamo; o café estava lá desde sempre. Pediu um forte espaguete carbonara branco. A moça que o atendeu era linda, magra, asiática, olhos de gato. Nenhum sorriso.

Um garçom diferente trouxe o espaguete. Um personagem de aparência caótica em calças pretas largas de terno, uma grande camisa branca esvoaçante, bigode viva Zapata, mas quando ele sorria, todo o seu rosto ganhava vida, fazendo Thompson se sentir melhor sobre o mundo.

O caótico disse, 'Aproveite o café e a boa comida. Está um lindo dia, sim?'

'Sim. Talvez um pouco quente.'

'Está vindo uma brisa,' disse o homem, parecia esfriar enquanto ele dizia isso.

Thompson tomou um gole do café. Já eram quase cinco da tarde. Amanhã ele veria o CFTV. Steele o organizou, mas por razões desconhecidas, ele não pôde entrar hoje. Ele podia esperar. Thompson jogava o jogo longo melhor do que a maioria. Ele acendeu um cigarro enquanto a garota com olhos de gato voltava para pegar a tigela vazia. Ele sorriu para ela. Ela o examinou e sorriu de volta. Ela saiu novamente. Ele achou que ela tinha uma ótima caminhada. Costas retas, fortes.

Deu uma última tragada em outro cigarro e o enfiou no cinzeiro.

A garota asiática voltou, pegou a xícara de café, ele disse, 'Qual é o seu nome?'

'Por quê?'

'Por que não?'

Ela riu e disse, 'Aimee, eu sou chinesa, caso você fosse perguntar, quero dizer, meus pais são, não é isso que você ia perguntar? Eu cresci em Cabramatta.'

'Aposto que você fica enjoada dessa explicação.'

'Ha-ha, sim, eu fico. Qual o seu nome?'

'Carter Thompson.'

'Você é um policial.'

'Isso importa?'

Ela o ignorou e disse, 'Algo mais, outro café?'

'Não.' Ele entregou a ela seu cartão. Um simples cartão branco com seu nome, a palavra Investigador, um número de celular.

Ela sorriu novamente e disse, 'Talvez.'

'Talvez não seja não. Eu voltarei.'

CAPÍTULO OITO

Salem afastou a cadeira da mesa. As rodas rolaram pelo chão de madeira. Ele balançou a cabeça, passou as mãos pelos cabelos loiros. Ele sabia que havia números de contas e um grande número, possivelmente centenas, talvez milhares de imagens e vídeos envolvidos, mas ele não conseguia abrir os arquivos, não conseguia decifrar os códigos. Rhia estava sentada em um sofá velho, mas muito amado, com a cabeça entre as mãos. Molly estava em seu quarto com fones de ouvido, adicionando músicas a listas de reprodução no Spotify.

Salem foi até Rhia e a abraçou. Ela chorava baixinho, ele beijou-lhe uma bochecha de cada vez e disse, 'O que aconteceu?'

Ela contou-lhe tudo, toda a triste história. Depois levantou-se e foi buscar o dinheiro ao quarto. Disse-lhe sobre os cartões de crédito. Mas mentiu, dizendo que havia jogado os dois cartões fora.

Ele disse, 'Acabou. Você não pode mais fazer isso. O dinheiro pode ser um começo para uma nova vida. Eu odiava isso antes, odiava que você tivesse que fazer isso. Eu posso trabalhar. Posso conseguir um emprego como lavador de pratos ou garçom. Você pode trabalhar em um bar ou em uma loja, em um supermercado. Posso montar currículos falsos. O dinheiro não será tão bom, mas você...'

'Sim.'

'O que?'

'Sim. Terminei. Não posso mais fazer isso, não depois disso.'

Eles se sentaram em silêncio. Rhia nunca teve um emprego de verdade. Sua mãe morreu quando ela tinha dezessete anos, quando Molly tinha dois anos. Rhia estava fora da escola por apenas oito meses. Sua mãe era faxineira, não havia herança. O pai de Molly havia deixado a cidade no momento em que soube da gravidez, mas Rhia não se importou com isso. Ela tinha cometido um erro com ele. Ele era chato, um maconheiro. Mas quando ela amamentou Molly pela primeira vez, ela estava realmente apaixonada. Ela tinha um amigo próximo, Andy, um usuário de drogas, outro que abandonou o ensino médio e já fazia trabalho sexual perto de Kings Cross e do notório muro em Darlinghurst. Rhia começou o trabalho sexual também, improvisando.

Rhia e Molly tiveram que se mudar do apartamento de dois quartos em que moravam com a mãe de Rhia em Darlinghurst. Andy, Rhia e a pequena Molly se mudaram para um apartamento de um quarto em Potts Point. Eles eram amigos, não amantes. Ele era gay. Eles tinham vista para o porto se você ficasse em pé no assento do vaso sanitário e não muito mais. Um trabalhava; um cuidava de Molly. Mas Andy começou a usar pesadamente. Rhia nunca o fez, não heroína. Andy não era mais confiável. Rhia ficou em casa. Andy desapareceu um dia, nunca mais voltou. Rhia não denunciou à polícia. Ela foi ao Centrelink, solicitou assistência social, conseguiu. Mas ela não podia sair para lugar algum sem Molly; não poderia fazer aquele trabalho sexual com dinheiro na mão. Mas ela tinha Molly e isso era o suficiente. Isso durou três anos.

Quando ela tinha vinte anos, ela conheceu Salem quando ela estava levando Molly para passear no carrinho ao longo da Rua Macleay, indo para casa. Ele pediu fogo a ela e depois se ela queria um café. Ele era brilhante, engraçado e atrevido. Ele tinha uma amiga, Teresa, que ficava feliz em cuidar de Molly algumas noites por semana, enquanto Molly e Salem viviam uma vida selvagem perto de Cross e na Rua Oxford, Darlinghurst. Rhia vivia sua adolescência selvagem anos depois de seus colegas. Foi um momento alegre para ambos. Rhia desfrutou de sexo pela primeira vez em sua vida, pois Salem era um amante gentil e generoso. Salem não usava drogas, Rhia fumava um pouco de maconha e anfetamina, uma viagem de ácido aqui ou ali. Eles iam a clubes e festas dançantes em grandes armazéns.

Salem mudou-se para um quarto em Potts Point com elas. Sua amiga se mudou, então eles se acomodaram um pouco. Salem sempre teve dinheiro sendo hacker, mas foi pego. Cumpriu dezoito meses na prisão, partiu o coração de Rhia. Ela voltou a trabalhar durante o dia, contratando uma babá para Molly. Ela estava ganhando um bom dinheiro, ainda recebendo assistência social, sem usar drogas. Ela tinha clientes regulares. Ela não economizava muito dinheiro. Molly precisava de roupas e sapatos o tempo todo e a escola também estava chegando. O aluguel custava muito, ela gostava de comprar roupas para ela. Ela usava muita anfetamina para continuar.

Salem saiu. Ele odiava o que ela estava fazendo, mas ele estava em frangalhos da prisão, seus nervos à flor da pele. Levaria muito tempo para ele recuperá-los. Ele tomou remédios prescritos para ansiedade, teve alguns problemas de TEPT. Ele nunca saía, mas de certa forma era uma dádiva de Deus porque ele cuidava de Molly. Sem taxas de babá, ela poderia trabalhar à noite por um dinheiro melhor. Ela anunciava no Wentworth Courier tanto online quanto impresso, mudando de nome e celular o tempo todo. Os regulares continuaram, mas ela afastou muitos deles, eles a deixavam doente com a conversa de salvá-la, torná-la deles. Ela não podia acreditar como eles eram estúpidos.

Era trabalho. Ela era popular, satisfazia os homens. Era perigoso também, foda-se. Ela teve uma faca apontada para ela duas vezes, teve que roubar os caras, correr para fora do motel. Frequentemente, ela tinha que fugir de motéis e hotéis baratos, mas eles se mudaram para o apartamento de dois quartos em Darlinghurst. Molly tinha seu próprio quarto. Salem estava fazendo algum dinheiro, hackeando contas de novo. Ele não contou a Rhia, mas tudo ajudou. Salem temia que o trabalho estivesse destruindo Rhia e ele estava certo. Agora, estava acabado. Eles tentariam viver uma vida normal; ganhar dinheiro da mesma forma que outras pessoas faziam. Pessoas não qualificadas em empregos não qualificados.

O que eles não entendiam, mesmo Rhia com sua malandragem, era que alguém viria atrás deles. Alguém contratado pela Igreja New Light. Thompson também estava procurando por Rhia. Ela não matou ninguém, mas saiu de cena. Roubou os cartões de crédito. Ele poderia fazê-la responder por essas coisas, mas agora ele temia por sua vida. Ela pode saber de algo, e ela tinha aquele USB.

A morte de Norton até agora foi mantida fora da mídia. O assassinato de Wayne Hampton também não foi relatado, ainda não. Steele descobriu que ele era um ninguém sem família. Um órfão como Salem. Steele tinha uma equipe de ambulância especial para esses trabalhos. Sem vazamentos. Al-Abadi foi instruído a não dizer nada, especialmente ao gerente de propriedade que morava ao lado dele. O outro apartamento térreo estava vazio.

Apenas Thompson se importava.

E era seu trabalho se importar.

CAPÍTULO NOVE

Les Connor, proprietário do Motel Carringtonl, membro da Igreja New Light. Possuía outro pequeno motel na Estrada Parramatta, entre Auburn e Merrylands, que atendia caixeiros-viajantes (sim, ainda existem), famílias parando que escolheram o lugar errado para parar, criminosos de aluguel baixo, traficantes de baixo nível com taxas de longo prazo lutando para fazer o aluguel a cada semana. Homens e mulheres marcando presença para uma noite ou uma tarde de encontros sexuais ou encontros mais longos de uma noite depois de se encontrarem em celeiros de cerveja ou casas noturnas de baixa qualidade localizadas na outrora congestionada estrada metropolitana. Às vezes ainda estava lotado de carros, mas havia rodovias e pedágios se você quisesse contorná-lo agora. Parte da rica tapeçaria de Sydney.

Connor olhou para o telefone quando ele tocou. Thompson novamente, esse boceta ia ser um problema para todos eles. Um canhão solto, ele ouviu de amigos criminosos e da Igreja, que lubrificou suas mãos para favores e quartos. Connor era um daqueles fiéis que acreditavam que Deus perdoaria todos os seus pecados, desde que ele protegesse a Igreja e seus membros e frequentasse a Igreja nas manhãs de domingo. Ele também era dono de uma galeria de tiro/peep show em Kings Cross.

Connor ligou para Sally Bois, a investigadora particular que a Igreja havia contratado para encontrar a garota que estava no motel e recuperar o USB. Ela respondeu,

'Sim.'

'Aqui é Les Connor. Disseram-me para ligar para você se Thompson entrasse em contato comigo novamente. Ele está ligando, me ameaçando.'

'Les, é isso?'

'Sim.'

'Isso é simples, Les. Ligue para ele de volta. Você não sabe de nada, não é? Você estava em casa na cama com sua esposa.'

Connor sorriu, 'Sim, eu estava.'

'Então não há problema. Não seja fraco comigo, Les. Não seja um pau mole. Seja um homem. Você é um homem, certo?'

'Sim, uh, er, sim. Me disseram...'

'Apenas faça o que eu disse. Você não sabe de nada. Acha que consegue se lembrar disso?'

Ela encerrou a ligação.

Les Connor sentiu-se melhor. Ele não sabia de nada. Simples. Essa Sally Bois, porém, que pé no saco.

———

Thompson estava sentado em seu sofá, uma espécie de veludo marrom claro, seu celular tocou. Ele não reconheceu o número, mas atendeu mesmo assim.

'Thompson.'

'Ouvi dizer que eles chamam você de Cash.'

Uma voz feminina que ele não conhecia.

'Alguns fazem.'

'Meu nome é Sally Bois. A Igreja New Light me contratou para investigar a morte do Senhor Norton.'

'Ele morreu? Não vi nada sobre isso no noticiário.'

'Você é um cara engraçado, Thompson.'

'Também ouvi isso.'

'Sei que você verá as imagens do circuito fechado de TV da noite passada na Estrada Darlinghurst, na hora da morte dele.'

'Não.'

'Nós dois sabemos que você *vai*. Eu quero assistir.'

'Não pode ser.'

'Por que não?'

'Precisa ser um investigador do Ministério Público para fazer isso.'

'Achei que poderíamos ajudar um ao outro.'

'Trabalho sozinho, é assim que funciona, Senhorita Bois.'

'Sally.'

'Que seja.'

'Podemos nos encontrar?'

'Não.'

'Acho que seu chefe, o Senhor Steele, vai receber uma ligação irada em breve.'

'Isso é problema dele.'

Thompson sabia que o escritório do conselho estava fechado agora. Que não havia como Sally Bois ver a gravação antes dele. Ele chegaria lá amanhã às nove da manhã.

'Você é algum tipo de babaca ou algo assim?'

'Bom falar com você, Senhorita Bois,' disse ele e encerrou a ligação.

Thompson acendeu um cigarro. Ele não deu nada a ela. Não ia ajudar a cadela. Ela pode ter pregado Wayne na porra da parede.

Seu celular tocou novamente. Outro número que ele não sabia.

'Alô.'

'Carter?'

'Sim.'

'Aqui é Aimee, do café.'

'Oh Olá. Achei que você não ligaria.'

'Ouvi dizer que eles chamam você de Cash.'

'Alguns fazem. Por quê?'

'Um policial com reputação. Como eu poderia resistir?'

'Muitas pessoas fazem. Resistir, quero dizer.'

'Você quer me pegar depois do trabalho?'

'Sim.'

'Por volta das dez para as onze.'

'Algo mais?'

'Trate-me bem.'

'Vejo você às onze.'

A chamada terminou e seu celular tocou imediatamente novamente.

'Thompson.'

'Aqui é Newman, da Tecnologia.'

'O que há no telefone?'

'Algumas fotos do cara gordo com meninos e meninas. Digamos que se eles são legais é quase. Telefonemas dele são criptografados, mas vamos recebê-los o mais rápido possível.'

'Nada ilegal.'

'É impossível dizer se eles têm idade suficiente para consentir sexo. Como eu disse, eles mal são legais. Eles parecem jovens. Acho que existe um tipo, jovem e magro, tanto masculino quanto feminino. Algumas coisas excêntricas. O cara gordo sendo invertido por uma jovem, nada agradável.'

'Invertido?'

'Você vai entender quando vir.'

'Você pode enviar as fotos?'

'Fazendo isto agora. Até mais.'

As fotos chegaram rapidamente. Em uma delas, Norton estava sendo sodomizado por uma loira magra usando um grande vibrador preto. Ele agora sabia, graças a Newman, que a palavra pornô para isso era inversão. As outras fotos mostravam Norton nu ou em vários estágios de nudez com sim, meninos e meninas magros. Um deles mostrava uma jovem de cabeça raspada e rabo de rato cavalgando sobre o homem obeso. Seu cabelo era preto, não castanho claro. Newman estava certo, quase impossível dizer pelas fotos quantos anos eles tinham. Ele estava morto também, então, apenas os meninos e meninas importavam agora, mas como diabos ele iria encontrá-los? Tudo dependia da garota que fugiu ontem à noite.

Ele ia ficar sério com aquele idiota do Les Connor também.

CAPÍTULO DEZ

Sally Bois era uma ex-colegial particular, nascida no Hospital Rose Bay, filha de Nicola e Harry Bois. Ambos os pais morreram em um acidente de carro na Rua Oxford, Darlinghurst, certa manhã, às três da manhã, quando ela tinha dezenove anos. Harry estava louco de raiva, bateu em um poste de luz a cento e vinte por hora, e se você conhece a Rua Oxford naquela área, a insanidade do que ele fez só piorou. Estar sozinha no mundo era algo que ela tinha em comum com Salem e Wayne, só que eles eram protegidos pelo estado.

Sally tinha herdado a Mansão Rose Bay, um barco, que ela vendeu imediatamente, cerca de um milhão e quinhentos mil em dinheiro, uma casa de veraneio em Palm Beach. Ela vendeu a mansão Rose Bay. Mudou-se para uma bela casa de três quartos projetada por um arquiteto em North Bondi com uma piscina olímpica, vistas deslumbrantes do oceano e falésias. Ela era faixa preta em uma arte marcial mista influenciada por lutas de rua. Ela corria, fazia pesos diariamente, nadava no Clube Icebergs e também na piscina, surfava quando podia. Ela era forte, dura, não temia nada e ninguém.

Ela tinha 29 anos, nunca teve um namorado de longa data, pegava caras em bares e boates, não usava o Tinder, havia um rastro. Ela tinha uma amiga íntima em Missy Bourke. Elas se deram as mãos na escola primária e permaneceram próximas desde então. Missy também não era casada, mas tinha um amante de longa data, Michael Tanaka, um nipo-australiano que era um renomado cirurgião cardíaco e ex-jogador da liga de rugby.

Tanaka era um médico famoso, geralmente aparecendo no programa matinal do Seven com Kylie e Larry e os outros dois, programas quase idênticos em estações rivais. Ele propagandeava a Igreja New Light, pois os creditava por mudar seus modos selvagens. Como Tom Cruise propagandeava a Cientologia. Mas Tanaka tinha amigos em negócios, digamos, menos atraentes. Ele era amigo do libanês Billy Hassan, uma celebridade de Kings Cross, traficante de drogas, gângster de proteção e extorsão. Além disso, Mario 'Rocky' Bartolini, que cuidava das relações no local de trabalho, cobrava dívidas e chutava as pessoas por um preço. As duas garotas não se importavam em misturá-lo com o comércio bruto.

Sally fazia o trabalho sujo para a Igreja New Light. Sabia todos os segredinhos sujos, tinha acesso a Tom Abbott, chefe e principal rosto público da New Light. Ele ainda pregava todos os domingos na igreja em Bondi Junction. Antes que a festa do soft rock tomasse conta.

Sally tocou a campainha de Abbott na grande casa com terraço que ele possuía na Rua Queen em Paddington. Ele atendeu a porta de calça preta;

camisa branca, gravata azul meia-noite, o primeiro botão fechado na camisa, a gravata apertada. Ele era um homem pequeno e musculoso; você podia ver seus bíceps esticando a camisa. Ele se achava alto e reto como um homem grande. Não estava feliz que Bois estivesse lá àquela hora. Ele era um cara que dormia cedo e acordava cedo. Tinha cabelos grisalhos, uma barba grisalha perfeitamente aparada. Ele tinha cinquenta e oito anos.

Sally Bois era alta e forte, mas ela escondia isso sob uma camiseta verde folgada e um top Adidas azul claro. Ela tinha cabelo loiro curto em um corte de escovinha como alguém nas forças armadas americanas. Sobrancelhas grossas e escuras acima de olhos castanhos escuros, maçãs do rosto pelas quais uma modelo mataria. Suas coxas fortes pressionadas contra o jeans CK stretch preto. Doc Martins nos pés. Abbott deu um passo para o lado e disse, 'Entre, Sally.'

Ela entrou e ele fechou a porta atrás dela. Ela esperou atrás dele. Ele se virou, passou por ela, ela o seguiu pelo corredor, eles entraram na biblioteca. Ela esteve lá mais do que algumas vezes para acertar as coisas em sua cabeça. Ele fechou a porta atrás deles e disse, 'Minha esposa tem sono leve. Acho que ela não precisa ouvir isso.'

Bois ficou ereta. Abbott estava em frente a ela, tenso e forte, tenso como se pudesse explodir a qualquer segundo. Isso era deliberado. As pessoas tinham medo dele. Ele tinha as maneiras de um padre católico estrito dos anos 1950 que chicoteava os meninos em linha.

Sally disse, 'Thompson não vai me deixar entrar nas fitas do CFTV.'

'E depois que ele as vir?'

'Não chegamos tão longe. Ele é um idiota.'

'Ele enganou você; você perdeu a calma.'

'Sim.'

'O que você quer, Sally? Por que você está aqui?'

'Eu preciso ver essas fitas se você quer que eu faça um bom trabalho e limpe este pequeno incidente da caixa de merda. Preciso encontrar essa garota e calá-la.'

'Como você calou o jovem Wayne?'

'Você disse para enviar uma mensagem.'

'Nosso Senhor me guiou.'

'Não podíamos permitir que ele falasse com ninguém.'

'Sei o que você fez com o garoto. A equipe de Steele tem um vazamento, mas era necessário. A dor e...'

'Eu o droguei primeiro.'

'Entendo, mas você quer isso no noticiário, não é? Quer isso como um aviso, certo?'

'Estou fazendo o que você me paga para fazer.'

'Vou vazar a maneira de sua morte para minhas conexões de mídia. Talvez a garota que estava com Norton quando ele morreu o veja e isso pode assustá-la para sempre.'

'Precisamos do USB primeiro.'

'Bem, Sally, porra, limpe isso, é para isso que eu te pago, certo? Foi o que você me disse, sua garota insolente.' Ele sorriu.

Ela abaixou a cabeça e disse, 'Sinto muito.'

'Quero que você vá para o motel assim que sair daqui. Tente chegar lá às dez da noite. É a mudança de turno para os recepcionistas. O gerente de plantão também estará lá. Tenho alguns envelopes para eles.'

Ele foi até uma escrivaninha, abriu-a e pegou quatro envelopes.

'Há três recepcionistas e o gerente de plantão. Dois mil cada e você os assusta demais. Diga a eles para assistir ao noticiário, para ver o que aconteceu com Wayne. A camareira já pediu demissão. Ela é jovem, solteira, está se mudando para outro estado em busca de um emprego melhor.'

'Farei o que você diz.'

'E nunca mais me dê ordens de merda de novo, entendeu?'

'Sim senhor.'

'Você deve vir jantar uma noite, você e seu último homem.'

Ela ficou vermelha e disse novamente, 'Sim, senhor.'

Ele a fazia se sentir como uma criança. Ela gostava.

'Vou coloca-la dentro para ver essas fitas, amanhã.'

Ela assentiu.

'Boa menina, agora vá para o motel e depois vá para casa dormir. Não se preocupe com nada. Deus é nosso guia.'

Abbott a levou até a porta e disse, 'Não perca a calma, Sally. Thompson é inteligente, experiente e não se assusta facilmente. Mas conheço um pouco de sua história. Ele tem uma esposa e uma filha. Ele pode ser pego.'

Bois sorriu, 'Obrigada, senhor.'

CAPÍTULO ONZE

Thompson esperava na frente do café vestindo jeans preto e uma camisa preta de manga curta. Aimee estava trabalhando, mas o viu, acenou com a cabeça e sorriu. Ele sorriu de volta, sentou-se na pequena cerca de tijolos e acendeu um cigarro. Ele havia terminado pela metade quando ela saiu. Ela disse, 'Tem mais um?'

Ele tirou o pacote do bolso da frente. Sacudiu um Marlboro Light, ela pegou, ele acendeu para ela com um isqueiro Bic roxo.

'Para onde?' Ela perguntou a ele.

'Eu pensei no Boliche Goldfish, depois uma surpresa.'

'Eu gosto de surpresas.'

Eles caminharam, sem falar, pelo viaduto para Kings Cross. O Boliche Goldfish foi o nome local dado ao bar da frente do The Crest Hotel. Ficava no triângulo onde a Estrada Darlinghurst cruzava a Rua Victoria e se dividia. O bar na frente tinha janelas de vidro de trezentos e sessenta graus, daí o apelido. Sentaram-se em banquetas com almofadas laranja rasgadas, de frente para a Estrada Darlinghurst. Era cedo para o The Cross, mas como era sexta-feira à noite, havia muito tráfego de pedestres. Garotos e garotas dos subúrbios, mochileiros, clientes de meia-idade que saíam depois de uma refeição e os detritos habituais da vida que The Cross atraía. Além disso, os residentes permanentes, os garotos, garotas, homens e mulheres que trabalham. A vida na rua. Thompson bebeu uma Corona, Aimee um gim e limão.

Ela disse, 'Você está tentando me impressionar? Não poupando despesas.'

'É bom. Pessoas assistindo.'

'Sim, é perfeito para isso.'

Um segundo.

'Você é aborígine, não é?' ela perguntou.

'Você é direta.'

'Isso já foi mencionado para mim antes,' ela disse sorrindo.

'Eu sou um Homem Gadigal. Parte da Nação Eora. Não fico muito preocupado com isso, a menos que alguém me irrite, o que já aconteceu algumas vezes.'

'Como coisas racistas?'

'Sim, principalmente ignorância, mas alguns bocetas maliciosos por aí também.'

Ela não sabia o que dizer. Ele é poderoso, foi o que ela pensou. Ela tentou acalmá-lo e disse, 'Acho que ninguém nunca me convidou para sair tão rápido antes?'

'Foi por isso que você veio?'

'Sim, em parte e você é um policial. Era novidade.'

'Não sou um policial comum. Eu faço a mesma coisa, mas meu chefe me dá uma rédea solta que ele raramente puxa. Eu trabalho no Ministério Público, é uma coisa nova de uns cinco anos.'

'Parece que você gostou.'

'Eu me safo com merdas que os policiais não fariam.'

Ela ri, 'Você é muito confiante.'

'Na verdade não. Não costumo distribuir meu cartão assim.'

'Por que eles te chamam de Cash?'

'Não sei. Seu chefe lhe disse, certo?'

'Sim.'

'Talvez eu tenha que endireitá-lo.'

'Oh não, não faça... oh, você está tirando sarro de mim.'

'É um apelido. Está bem. Meu pai queria me chamar de Johnny, em homenagem a Johnny Cash, mas minha mãe não permitiu. Eles fizeram um acordo, me chamaram de Carter em homenagem a June Carter, a esposa dele. Então meu pai começou a me chamar de Cash como apelido. Ele travou. Mesmo na academia, eles descobriram e um cara disse que eu era Cash porque andava na linha. Isso pegou também.'

'História legal. Onde você cresceu?'

'Cresci em Redfern antes de se tornar reurbanizado, não todo ele, veja bem. Ainda assim, alguns tipos rudes de pessoas perigosas lá que eu ainda conheço. Mas muita gente também é família. Pessoas boas.'

'Você gostava?'

'Eu queria sair o mais rápido possível. Meu pai morreu quando eu tinha dezessete anos, minha mãe alguns anos depois, mas eu tinha a casa. Era uma pequena casa de conjunto. Aluguei o segundo quarto por um tempo. Fui para a UTS estudar serviço social, fiz algumas coisas de informática também, depois aluguei a casa inteira para uns primos meus. Eu queria algumas experiências. Eu morei em algumas casas compartilhadas em Glebe. Vivi com brancos e negros, ativistas, fanáticos por cinema, fãs de música, usuários de drogas, dançarinos, viajantes, um maldito filho da puta de quem eu tinha que cuidar. Conheci minha esposa. Fui para a academia, tornei-me policial. Eu gostei. Era bom nisso. Sou bom nisso.'

Ela balançou a cabeça lentamente, sorrindo, ele era um gato interessante.

'Essa informação é suficiente por agora?'

Ela riu, virou-se para encará-lo e disse, 'Sim, é o bastante.'

Eles beberam em silêncio. Thompson ofereceu-lhe outro cigarro, ela aceitou, fumaram e beberam mais um pouco. Ela disse, 'Você disse que conheceu sua esposa.'

'Sim, não mais juntos.'

'Bom saber.'

'Estou separado, nenhum de nós quer se divorciar. Pago as contas que devo pagar. Vejo minha filha sempre que posso. Eu a amo. Nós não nos odiamos. Minha ex, quero dizer.'

'Há quanto tempo vocês estão separados?'

'Cinco anos. Ela não queria que eu aceitasse este trabalho.'

'E sua filha?'

'Ela tem dezessete anos. Só começando a sair agora, ela era ou é uma geek mas uma linda. Ela não usa drogas ou fica selvagem. Ainda não, afinal.'

'Ela parece legal. Você sabe que os geeks mandam no mundo, não é?'

'Eu mesmo fiz códigos. Treinei com alguns policiais mais jovens por meio do pessoal de TI da força policial, ainda assim, mantenho-me atualizado.'

'Estou impressionada.'

'E você?'

'Estou no café e estudo redação na UTS.'

'Tempo inteiro ou tempo parcial?'

'Ambos tempo parcial.'

'Você publicou alguma coisa?'

'Sim,' ela sorri, começa a rir um pouco, 'acho que são cinco estórias. Estou trabalhando em uma coleção.'

'Posso lê-las algum dia?'

'Claro.'

Eles conversavam, bebiam, fumavam. Uma hora se passou, duas horas.

'Pronta para seguir em frente?' perguntou Thompson.

'Sim onde? Qual é a grande surpresa?'

Eles caminharam pela Estrada Darlinghurst. Ela enganchou o braço em volta do antebraço dele. Eles se moveram para dentro e para fora das pessoas que vinham para eles de todos os ângulos. Ela gostou. Era normal para Thompson. Atravessaram a rua, passaram pela sorveteria, ele a conduziu pela Rua Roslyn por vinte metros. Depois diminuiu a velocidade e disse, 'Aqui, suba as escadas.'

Havia uma escada na entrada de um clube, ela sorriu, eles subiram os degraus de madeira. Ela não viu uma placa indicando o lugar.

'O que é este lugar?'

'Round Midnight.'

Chegaram ao topo da escada, atravessaram uma cortina de veludo vermelho e entraram em uma grande sala retangular. Uma banda no palco tocando uma música de 'Bird' Parker. Eles encontraram uma cabine, deslizaram para dentro.

Thompson disse, 'Surpresa.'

'Não imaginei que você fosse um cara do jazz, mais como Cold Chisel ou rock americano, The Eagles ou algo assim,' e ela começou a rir da expressão de horror no rosto dele. 'Está tudo bem, eu sei que você não é agora.'

'Jazz é rei.'

Ela riu.

Eles não dançaram. Eles beberam muito. Falaram muito. Thompson fumava sem parar, mencionava canções que conhecia. A banda tocava. Uma cantora negra surgiu do nada e cantou *Let's Get Lost*. Thompson não conseguia tirar os olhos dela. Ela era uma coisa.

A cantora saiu tão misteriosamente quanto havia chegado. Ele disse a Aimee,

'Você já ouviu falar de Chet Baker?'

'Não sei, talvez. Algo sobre o nome é familiar.'

'Ele era um músico de jazz, um trompetista famoso principalmente na década de 1950. Aquela música que a negra cantou era uma marca dele. Um garoto de fazenda que fez sucesso em Nova York. Seu estilo era chamado de *cool jazz*. Ele ficou viciado em heroína. Poucos meninos brancos são levados a sério, mas Chet ainda é respeitado hoje.'

'Chet Baker é um nome legal.'

'Sim, ele era um cara bonito também até que a heroína arruinou suas feições, ele perdeu alguns dentes também, mas tudo isso contribuiu para sua imagem.'

'Eu aposto.'

'Há um filme chamado *The Fine Young Cannibals*. É baseado na vida dele.

'Como a banda?'

'Sim.'

A banda tocou o clássico *So What* de Miles Davis. Thompson pôs a mão nas costas de Aimee, ela se virou para encará-lo, ele se virou e a beijou. Ela o beijou de volta suavemente, então com força e necessidade por um minuto ou mais. A banda parou, Thompson disse, 'Você quer sair daqui?'

'Sim, claro.'

Eles caminharam até o carro de Thompson. Aimee estava bêbada, rindo e conversando. Thompson gostava dela cada vez mais a cada segundo e minuto que passava. Ele não se sentia bêbado. Ele ligou o carro, saiu do estacionamento. Aimee com a mão em sua coxa olhou para ele. Ele dirigiu em direção a Bondi grudado no limite de velocidade. Aumentou a velocidade em Old South Head, diminuindo a velocidade para virar à direita na Rua O'Brien quando um carro acelerou no sinal vermelho, batendo com força na traseira do Hyundai em alta velocidade. O Hyundai fez trezentos e sessenta completos. Thompson não resistiu, não virou o volante contra o fluxo, mas colocou o braço sobre Aimee para protegê-la. O carro em um cento e oitenta desviou para o lado, a barra do para-choque traseiro esbarrando em um poste de luz, foi quando Thompson girou o volante, retomou o controle do carro, afastou-se bruscamente do meio-fio, fazendo o Hyundai parar a cerca de trinta metros do poste de iluminação. Ele desligou o motor. Sentou quieto.

Ele disse, 'Foda-me.' Virou-se para Aimee e disse, 'Você, ok?'

'Eu penso que sim. Uau, você hum...'

'É legal. Já estive pior. Estamos bem, não estamos?'

Ela olhou em volta, balançou a cabeça, sorriu com a despreocupação dele e disse, 'Sim, estamos. Mas você a viu?'

'Huh.'

'Eu vi cabelos ruivos, longos cabelos ruivos. Uma mulher. Ela acelerou como se nada tivesse acontecido, como...'

'Como se fosse planejado.'

CAPÍTULO DOZE

Sally Bois foi para o Motel Carrington. Garantiu que a equipe estivesse com medo. Ela mencionou como Wayne havia morrido. Alguém queria *eliminar* a verdade, ela disse. A mensagem foi clara. Ela voltaria pela manhã para falar com a quarta recepcionista, entregaria a ela o envelope, explicaria novamente o método da morte de Wayne, insinuaria que qualquer coisa poderia acontecer. A camareira era um problema, embora ela tivesse ido embora. Ela se perguntou se Abbott havia cometido um erro ao não deixá-la lidar com isso do jeito dela. A criada vira Norton morto na cama. Poderia testemunhar sobre isso. A merda toda poderia vir à tona. A garota. A prostituta. Ela era a chave. Ela tinha o USB. Quem mais? O vazamento da equipe da cena do crime disse que o paletó havia sido cortado. A esposa de Norton disse a Abbott que ele mantinha isso com ele o tempo todo.

O idiota gordo.

Ela não estava indo para casa dormir. Ela foi até o carro, colocou uma peruca ruiva de cabelos compridos estilo Cleópatra com uma franja feroz, deu a volta na

Rua Kellet, para o Clube Users. A multidão era formada principalmente por homens e mulheres de vinte e poucos anos, gays, heterossexuais, trans, o que fosse. Todos eram bem-vindos. Bois entrou no clube. Eles fazem pequenos shows de sexo, bondage encenado e coisas do gênero, com uma música de baixo pesado tocada por uma garota somali negra imponente e deslumbrante na plataforma da cabine do DJ.

Bois atravessou a pista de dança em direção aos banheiros unissex. Um cara mais velho olhou para ela. Ela tomou nota. Ele parecia ter quarenta e poucos anos, confiante, bronzeado, dançava com uma loira bonita, de rosto fresco e um pouco gordinha. Nenhuma competição. Bois foi até um cubículo, abaixou o assento do vaso sanitário, tirou um pacote de lenços umedecidos de sua jaqueta de couro, esfregou o assento e secou-o com um lenço. Ela pegou um saquinho plástico cheio de pó branco do bolso da calça jeans. Colocou três linhas. Cheirou-os rapidamente, um após o outro. Sua testa estava ensopada de suor quando ela entrou novamente na sala principal, sua cabeça latejando com a música grave e a entrega da droga ao seu cérebro. Ela dançou perto do homem mais velho, seus olhos a seguiram, isso seria uma morte rápida. Ela dançou cada vez mais perto dele, enquanto a jovem loira dançava na multidão.

Bois agarrou o homem mais velho pelos quadris e empurrou os quadris contra ele. Ele empurrou de volta para ela. Ela moveu sua bunda lentamente para dentro e para fora como se estivesse bombeando-o, e ele foi com ela.

'Você gosta disso?' ela perguntou.

Ela se moveu na frente dele agora. Ele estava totalmente cativado. Ela colocou as mãos nos ombros dele, eles se chocaram e se chocaram, ela o puxou para perto e disse, 'Você é lindo.'

Ele riu e disse, 'Você é louca.'

'Sou,' disse ela, beijando-o na boca. Ele estendeu a mão para ela com força, beijou-a de volta, empurrou seu pênis semiereto contra ela.

'Gosto disso,' disse ela, mas parou de beijá-lo, afastou-se dele e dançou no meio da multidão. Ele a seguiu, agarrou seus quadris como ela tinha feito com ele. Ela se recostou e disse, 'Vamos sair daqui.'

'Tem certeza disso?'

'Tenho certeza. Meu carro está por perto.'

———

Ela estacionou no estacionamento subterrâneo de seu apartamento em North Bondi, abriu uma porta da garagem que dava para as escadas. O homem mais velho agarrou-a pelos quadris, ela se virou para encará-lo, puxou-o para si, beijou-o com força na boca, puxou-lhe o cinto. Ele estendeu a mão para o botão de sua calça jeans CK. Abriu-a, puxou-a para baixo. Ela a chutou pelo resto do caminho. Ela não estava usando calcinha. Ele abaixou a calça jeans e a cueca. Ela agarrou seu pênis já duro, puxou-o para ela. Ele colocou a mão na virilha dela, o dedo no clitóris, esfregando-o suavemente, Bois gemeu e disse, 'Foda-me.'

Ele afastou a mão, empurrou para dentro dela com seu pênis duro, ela empurrou com força contra ele. Ele começou a empurrar descontroladamente na escada, completamente fora de si por ela. Ela sabia disso e disse, 'Continue, continue,' mas ele veio rápido demais e acabou.

'Isso foi ótimo,' disse ela.

'Realmente?'

'Sim, você é uma coisa.'

Ela o conduziu escada acima pelo apartamento principal, subindo outro lance de escadas até seu quarto no sótão. Ela o puxou para a cama, então parou, relaxada.

Ele se deitou ao lado dela respirando profundamente.

Ela disse, 'Quero jogar um jogo.'

'Que tipo?'

'Você teve sua diversão, agora eu quero a minha.'

'Tudo bem.'

Ela se levantou e foi até a primeira gaveta da cômoda ao lado da cama, tirou duas tiras de couro. Ele a observou um pouco inseguro. Ela as agitou no ar. Ele observou, muito inseguro agora.

'Vire-se,' disse ela.

Ele o fez, apesar de não ter certeza porque ela era a mulher mais bonita com quem ele já esteve. Nem um grama de gordura nela e ela tinha esse jeito de obrigar você a fazer tudo o que ela mandava.

Ela o tranquilizou e disse, 'Relaxe, eu gosto de ver homens amarrados e brincar comigo mesma, só isso.'

'Uh, ok.'

Ele deixou que ela o amarrasse nas grades da cabeceira da cama. Seu rosto olhando para a parede. Ela agarrou a perna esquerda dele e esticou-a, ele disse, 'Ei, ei, que porra é essa?'

Ela amarrou a perna dele na grade debaixo da cama com umas leggings pretas que já haviam sido colocadas ali. Ela fez a outra perna enquanto ele reclamava.

'Ei, ei, espere um segundo.'

Ela foi para a segunda gaveta agora. Trouxe um vibrador strap-on preto preso a uma cinta de couro preto. Ela se moveu ao lado dele para que ele pudesse ver, ele disse mais alto,

'Ei, ei, este não sou eu. Eu...'

Ela colocou o cinto. Moveu-se atrás dele na cama, abriu suas pernas, ele disse em voz alta,

'Não. Não.'

'Relaxe, querido.'

CAPÍTULO TREZE

Sábado de manhã. Salem e Rhia estavam na cama. Salem lendo o *The Star* em seu laptop. Fazendo uma pausa na tentativa de decifrar o código no USB. Rhia acalmou uma xícara de café no colo, olhou para a janela, queria um cigarro. Eram dez da manhã. Molly tinha ido para a casa de sua amiga Nick em Surrey Hills. Rhia disse, 'Você se importa se eu fumar um cigarro? Afinal, estamos comemorando. Chega de trabalho sexual. Molly não está...'

'Aqui, sim, eu sei. Certo, mas abra a janela.'

Ela saiu da cama de calcinha amarela e nada mais. Caminhou até a janela, destrancou-a, ergueu-a bem alto. Havia uma brisa fresca. Houve uma forte tempestade em Sydney por volta das três da manhã, que durou algumas horas, depois veio o frio. A janela dava para um quintal compartilhado. O quintal que ela havia atravessado na manhã de sexta-feira a caminho de casa.

O vizinho do lado era um ex-viciado, ex-alcoólatra, chamado Jim Wenders. Um homem alto e magro de cabelos grisalhos. Jim geralmente sentava e fumava direto no quintal enquanto bebia muito café.

Molly o amava, exceto pela fumaça, e ele a satisfazia fumando apenas a metade quando ela estava com ele no quintal. Ela disse que ele ia morrer de fumar. Ele disse a ela que nada poderia matá-lo, ele era indestrutível. Molly achou hilário porque ele era tão frágil. Eles repetiam a piada várias vezes.

Salem lia a seção de esportes. Ele era fanático por críquete, aprendeu o jogo com o faz-tudo da casa estadual em que morou. Seu nome era Joe. Ele era um homem gentil. Ele e Salem costumavam assistir a partidas-teste juntos em seu galpão, onde ele tinha uma TV e um rádio. Eles costumavam assistir à cobertura no Canal Nove, mas ouviam os comentários na ABC. 'Não suporto esses sodomitas,' dizia ele sobre a equipe de comentaristas da TV, 'todos malditos egos, exceto Benaud.'

Rhia odiava a maioria dos esportes, exceto AFL e AFLW. Ela não conseguia entender como alguém poderia assistir a uma partida de críquete de cinco dias e ainda assim ninguém poderia ganhar. Ela foi até a sala, ligou a TV enquanto procurava seus cigarros. A notícia estava no Canal 11, um locutor masculino genérico falando sobre a morte de um jovem em Leichhardt.

'A polícia diz que o jovem, Wayne Hampton, não tinha família e que foi brutalmente assassinado em um assassinato religioso no estilo de crucificação. Eles se recusaram a dar mais detalhes, apenas para dizer que não tinham pistas.'

Rhia olhou para a tela ao mesmo tempo em que colocavam uma foto de Wayne. Era o recepcionista noturno da noite de quinta-feira. O locutor disse que seu nome era Wayne Hampton. Rhia pegou os cigarros da mesinha de centro, acendeu um rapidamente, deu uma longa tragada, soprou a fumaça com uma rajada furiosa e então se acalmou um pouco. Ela estava limpa agora, mas o pobre rapaz estava morto, brutalmente assassinado. Porra. Ninguém poderia identificá-la agora. O cara. O pobre rapaz. Sem família. Mas como ele morreu? Crucificação. Inferno.

Ela deu outra tragada no cigarro e disse em voz alta, 'Salem, Salem,' enquanto corria para o quarto.

'O cara que estava trabalhando na outra noite, o recepcionista noturno, ele, ele, hum, merda, merda.'

'O que? O que? Calma.'

'Ele foi morto. Estava na televisão. Brutalmente assassinado, disseram.'

'O cara que viu você?'

'Sim, Sim. O recepcionista da noite. Ele foi morto.'

'Certo, certo. Ninguém pode identificá-la agora.'

'Sim. mas.'

'Eu sei. Eu sei.'

'O que você acha, querida?'

'Eu não gosto disso.'

'Não. É confuso. Bom e horrível demais.'

'Precisamos descobrir quem era aquele cara. O gordo que morreu. Vou continuar tentando hackear o USB. Vou assistir as notícias no iView sem parar. Espere por um relatório sobre o cara gordo. Foi há dois dias, mas o recepcionista foi morto, o que torna a notícia ainda mais interessante.'

'Eu estou assustada.'

'Não, é bom para nós. Ninguém pode identificá-la agora. Eu sei que é assustador, mas devemos ficar bem.'

'Eu estava com medo antes, mas agora... merda.'

Eles não tiveram que esperar muito. O boletim de notícias das 10h30 confirmou que o conhecido ancião da Igreja New Light, Robert Norton, morreu enquanto dormia em casa, duas noites atrás. Não houve circunstâncias suspeitas. Sua morte foi reimaginada por Abbott (ignorada por Steele e Thompson) e transmitida à mídia. Nenhuma menção ao USB ausente. A próxima reportagem foi sobre a morte brutal de Wayne Hampton. Aqueles que precisavam de um susto poderiam juntar os pontos. Outros simplesmente aceitariam tudo. Ela confirmou que Hampton era tutela do estado até três anos atrás.

Salem conhecia essa vida.

Ele se virou para Rhia e disse, 'Preciso voltar a trabalhar naquele USB. Encontrar o código que abre tudo para mim. Eles não falaram nada sobre isso, mas não podiam, não é? Todas as reportagens. Ambas. Besteira.'

Salem gostou. Ele gostava da intriga, embora aquele tal de Hampton estivesse morto. De certa forma, era melhor assim. As apostas eram maiores agora. Alguns meses atrás, a pressão poderia tê-lo esmagado, talvez ainda o esmagasse. Ele foi tomar um banho antes de voltar ao laptop.

Rhia estava se cagando. Ela contou o dinheiro que eles tinham. Pensou em pegar mais dois mil com o cartão de crédito roubado. Não havia câmera no caixa eletrônico. Eles precisavam do dinheiro, ela pensou, se tivessem que correr disso, precisariam de todo o dinheiro que pudessem conseguir. Salem não concordaria, mas ela poderia obrigá-lo.

Salem saiu do chuveiro, ela o seguiu até o quarto, ele deixou cair a toalha no chão, Rhia veio por trás dele, colocou os braços em volta dele. Sua mão direita deslizou por sua barriga até seu pênis semiereto. Ela começou a acariciá-lo suavemente. Ele ficou parado, sem dizer nada, respirando fundo, ela disse, 'Ainda tenho o segundo cartão de crédito que roubei do morto.'

'Merda, Rhia.'

'Posso sacar mais dois mil,' disse ela, ainda acariciando-o. 'Então jogar o cartão no ralo.'

'Eu... merda. Uh, Rhia, pare.'

Ela continuou a acariciá-lo lentamente e disse, 'Precisamos de todo o dinheiro que conseguirmos.'

Salem recostou-se contra ela, acenou com a cabeça, ela continuou acariciando-o lentamente enquanto ele começava a inspirar e expirar mais rapidamente, ela continuou acariciando, beijando seu pescoço. Ele cedeu, ela o fez gozar parado ali. Ele quase caiu para trás, Rhia segurando-o, abraçando-o com força.

'Merda, Rhia, eu... apenas faça isso. Faça isso pelo amor de Deus.'

———

Rhia sacou dois mil do caixa eletrônico. Dobrou o cartão de crédito ao meio com as mãos enquanto voltava para a Estrada Darlinghurst. Ela estava usando um grande chapéu preto que se curvava em torno de seu rosto, escondendo sua identidade. Ela jogou o cartão de crédito torto no mesmo ralo da outra noite. Continuou andando rápido na direção da casa.

———

Salem estava usando seus óculos tecnológicos, olhando para a tela. Oito números de contas com saldos foram exibidos. Muito dinheiro. Mais do que mudar de vida. Apenas acessível através deste USB? Ele se perguntou sobre isso. Se ele tentasse pegar o dinheiro, quem saberia? O que ele desencadearia? Ele trocou as telas. Olhou novamente para as imagens e vídeos perturbadores alinhados à sua frente com nomes de arquivos como Bobby; Bobby 2; Lisa 1; Lisa 2; James 1 e 2. Pseudônimos genéricos, como algumas das fotos mostravam asiáticos, latinos, aborígenes e outras nacionalidades, juntamente com meninos e meninas brancos, alguns possivelmente menores de idade, outros talvez sim; talvez não. Centenas de vídeos. Norton, ele já tinha visto em alguns, mas não queria ver os outros. Não poderia ter isso em mente.

Para Salem e Rhia, tudo isso agora era muito mais perigoso do que apenas alguns minutos atrás. Salem pensou em entregar o USB à polícia, mas eles fariam perguntas. Se ele pudesse descobrir uma maneira de pegar apenas parte do dinheiro, tirar um pouco do monte. Ele e Rhia poderiam partir. Ir para Melbourne ou Perth, no exterior, onde quer que seja, nunca mais trabalhar.

CAPÍTULO CATORZE

Tony Wu era um jornalista investigativo do *The Star*, o maior jornal da cidade. Ele olhou para o celular tocando por volta do meio-dia de sábado. Sem identificador de chamadas. Lá vamos nós, pensou.

'Tony Wu.'

'Norton morreu no Motel Carrington em Kings Cross, não em casa.'

Parecia que o telefonema era de um telefone público, pessoas por toda parte, falando por toda parte, um eco.

'Quem?'

'Norton, Igreja New Light.'

'Esta não é a coluna Sydney Secreta, meu amigo.'

'Você sabe quantos candidatos a New Light está preparando para a pré-seleção Tony?'

'Você tem minha atenção.'

'Faça alguma coisa.'

A pessoa que ligou desligou.

Wu gostou da conexão que o interlocutor anônimo havia feito. Claro, seria notícia se ele morresse naquele motel desprezível. A New Light era um grande negócio. Talvez eles também quisessem entrar na política agora. Dinheiro, poder e religião. Uma mistura inebriante. Não apenas o ópio do povo, controle total.

Ele queria começar a fazer ligações, mas sabia que poderia ser um trabalho difícil. Era um sábado. A segunda partida de teste contra a Índia havia começado alguns dias atrás. A cidade inteira estava em modo de férias. Até o PM estava abrigado em sua propriedade de férias no litoral sul.

Wu tinha alguns contatos na Força Policial de NSW. Ele começaria por aí. Esperar até segunda-feira para tentar atrair o peixe grande. Ele se perguntou quem estava trabalhando no caso. Ele chamou seu companheiro Don Talbot. Um Detetive Inspetor da velha escola, que trabalhava na delegacia de polícia de Kings Cross.

'Talbot.'

'Don, aqui é Wu.'

'Bem, bem, o Bernstein Chinês, procurando por um furo, é você companheiro?'

'É sempre um prazer, Don. Quem está cuidando do caso de Norton?'

'Norton, peruca grande na Igreja New Life ou ele era.'

'Sim e...'

'Ouvi dizer que ele morreu em casa, na cama, de ataque cardíaco.'

'Recebi uma denúncia anônima de que ele morreu no Carrington. Bem no seu território, Don. Ninguém te contou?'

Talbot começou a tossir, acumulando catarro, e disse, 'Merda. Novidades para mim.'

'Você poderia...'

'Eu certamente irei. Foda-se isso. Não posso ter

isso. Conheço o boceta dono daquele motel. Ele me deve alguns favores.'

'Acho que você pode me retornar sobre isso.'

'Acho que posso, Bernstein. Não é possível definir um prazo para isso, meu velho, mas haverá merda no ventilador com isso.'

'Obrigado, Don.'

'Não me agradeça ainda. Se eu não sei sobre isso, então é importante. Quem atendeu a chamada triplo zero sabia para onde enviá-la. Haveria algum tipo de protocolo se o número do Carrington aparecesse no call center de emergência.'

'Uma trilha.'

'Você sabe das coisas, Senhor Wu.'

Talbot desligou.

Wu recostou-se na cadeira. Ele tinha alguma conexão com a New Light? O chamador anônimo entraria em contato novamente?

———

Nove da manhã, sábado, no apartamento em Bondi de Thompson.

Thompson levantou da cama lentamente, apenas uma ou duas pessoas ligavam para ele em seu telefone fixo e precisavam ser atendidas. Ele alcançou o telefone na cozinha assim que Aimee acordou no quarto.

'Thompson.'

'É Linda.'

'E aí?'

'Preciso do dinheiro da manutenção, é isso que está acontecendo.'

Thompson levantou um pouco a voz,

'Eu disse que ia atrasar, não disse?'

'Quanto de atraso?'

'Porra. Tarde.'

'Sua filha precisa de sapatos, preciso colocar comida na mesa e...'

'Você é advogada. Você ganha um bom dinheiro, então...'

'Princípios, querido. Você também faz bom...'

'Você vai ter na segunda-feira,' disse ele levantando ainda mais a voz quando Aimee apareceu na cozinha vestindo uma de suas camisetas pretas e nada mais.

'Melhor ser Segunda Carter, não quero...'

'Envolver os advogados. Adeus.'

Vadia ele pensou. Aimee levantou uma sobrancelha para ele, seu comportamento legal havia evaporado devido a essa ligação. Ele sorriu para ela. Beijou-a na testa. Ela passou os braços pela cintura dele, tentou beijá-lo na boca. Ele se virou. Ela baixou os braços, magoada.

'Desculpe, tenho muito trabalho hoje. Não quero ser rude. Vou chamar um táxi para você.'

'Vou vestir minhas roupas.'

Ela se vestiu. Thompson foi ao banheiro. Seria um grande dia. Ele ligou o chuveiro, colocou-o na água morna, ajustou-o para escaldante e voltou para morna. Ele ouviu a porta da frente bater. Terminou o banho rapidamente. Foi para o quarto, vestiu as roupas pretas. Voltou para a cozinha. Puxou para baixo uma lata quase cheia de café solúvel Nescafé gigante que ele nunca usou. Ele era um cara da Nespresso, uma máquina de café em cápsulas. Ele esvaziou a maior parte do conteúdo em um jornal na mesa da cozinha. Pegou dois saquinhos plásticos cheios de pó branco. Esvaziou uma pequena quantidade de um na bancada da cozinha, fez duas fileiras. Foi para o quarto, tirou uma nota de cinquenta dólares da carteira.

Voltou para a cozinha, bufou duas linhas em tiro rápido. Ele se endireitou, soltou um som de 'uau,' sorriu, sentiu-se enorme. Fez um cone de jornal sobre a mesa e despejou metade do café de volta na lata enorme, juntou um dos saquinhos plásticos com o pó, depois despejou o resto do café na lata. Colocou-o de volta no armário. Colocou o outro saquinho plástico no bolso. Pegou as chaves, a carteira e saiu.

Ele estava no saguão das câmaras do conselho pouco depois das nove da manhã. Uma mulher de sapatos marrons, calças pretas que iam dos joelhos para baixo, uma blusa branca de mangas compridas estendeu a mão e disse,

'Jill Anderson.'

Ele apertou a mão dela gentilmente, ela apertou a dele com força, ele quase riu de sua demonstração de caráter, mas sorriu e disse,

'Meu nome é Thompson, mas você sabe disso.'

'Sim.'

'Vamos fazer isso?'

'Siga-me, Senhor Thompson.'

Ela o colocou em um cubículo. O computador estava ligado, ela disse a ele onde clicar, ele sorriu benignamente para ela novamente, disse,

'Entendi.'

Jill Anderson ficou atrás de seu ombro direito.

Ele se virou e disse, 'Entendi, Jill.'

Ela tossiu para efeito, em seguida, deixou-o com ele.

Ele clicou no arquivo. A tela mostrou um

aplicativo de câmera, ele clicou nele. Ele tinha acesso a três câmeras de CFTV. Uma foi montada perto do Boliche Goldfish, onde ele estivera na noite anterior. A outra mais ou menos no meio da rua entre o Boliche Goldfish e o Motel Carrington. A outra ficava na outra extremidade da Estrada Darlinghurst pouco antes de se tornar a Rua Macleay, perto da fonte. Mais três estavam fora de serviço.

Ele clicou na câmera CFTV que estava no meio do caminho para o motel. Ele mudou para uma da manhã. Colocou os fones de ouvido que Jill havia providenciado, assistiu tudo em meia velocidade sem saber o que estava procurando. Esperando ver o gordo. Ele passou da uma da manhã para as quatro da manhã, aumentando a velocidade do aplicativo da câmera conforme ficava frustrado. Ele começou de novo, observando em uma velocidade mais rápida, esperando que algo chamasse sua atenção. Sim. Ela carregava uma bolsa preta. Havia algo familiar nela. Ele diminuiu a velocidade da câmera, observou-a. Ela não andava depressa, mas rapidamente, ela tinha um destino em mente, mas o CFTV a perdeu não muito longe da estação de Kings Cross. Ele tinha certeza de que era uma garota trabalhadora com quem ele estivera anos atrás. Jovem e inteligente. Ele até tomou uma bebida de verdade com ela depois que terminaram. Ele nunca mais a tinha visto. Qual era a porra do nome dela? Foi durante um período selvagem em sua vida em que o trabalho era a única coisa que o mantinha são e vivo. Depois que ele se separou de sua esposa para aceitar o emprego que Steele havia oferecido.

Esta garota. Ele pagou por ela duas vezes. Ele pagou a ela, sim. Mas a bebida que eles beberam era real, ele sabia disso, embora estivesse bêbado e drogado. Ele havia resolvido um caso de pessoa desaparecida. Encontrou um pedófilo em série, derrubou um hacker, enquanto o tempo todo estava chapado de altos e baixos, entradas e saídas e tudo mais. Steele o tornou intocável, porque ele obteve resultados. Mas ele havia se acomodado. Não foi usado por um tempo até agora. A investigadora particular da Igreja o irritou, o dono do motel não retornou suas ligações, a tentativa de atropelamento e fuga. Quem era essa garota? Ele não conseguia lembrar o nome dela. Ela tinha cabelo castanho claro. Sapatos desajeitados. Saia jeans, blusa preta. Ele a conhecia. Maldição, era ela. Mas ela foi para o motel? Ele a pegaria voltando pelo outro lado às três ou quatro da manhã? Qual era a porra do nome dela? Zia? Zoe? Reece?

Merda.

Thompson ficou lá por três, talvez quatro horas, revisando o CFTV repetidamente. Ele pegou a garota cujo nome ele não conseguia lembrar do lado de fora da pizzaria às quatro da manhã, sentada na varanda, comendo com fome. Ela se levantou e saiu. Era isso. Por que ele não conseguiu pegá-la antes disso? Darlinghurst Road estava lotada, ela era pequena, não tinha grandes traços distintivos, suas roupas eram simples, mas ele a teria visto, com certeza. Ele salvou o CFTV em seu celular e um USB que trouxe consigo e o excluiu dos arquivos do Conselho. Ele se levantou, saiu sem avisar ninguém.

Do lado de fora dos escritórios do Conselho, uma mulher de cabelo loiro curto, vestida com um agasalho Adidas preto se aproximou dele. Ele ficou imóvel. Ele sabia quem era sem nunca tê-la visto antes.

Ela foi direto para ele, estendeu a mão e disse, 'Sally Bois.'

Ele ignorou a mão dela e continuou andando.

Ela gritou, 'Dirija com segurança.'

Mordeu Thompson, mas ele continuou se afastando dela. Aimee tinha dito cabelo ruivo. Ela usava uma peruca, a puta.

Ele caminhou até Andiamo; ele sabia que Aimee não estava trabalhando. O garçom meio desgrenhado de calça preta larga, camisa branca esvoaçante, e bigode Zapata o serviu de novo, simpático mas não familiar, Thompson gostou disso.

Ele bebeu seu forte café com leite, fumou alguns cigarros. Salvou a melhor foto da garota cujo nome ele não conseguia lembrar em seu telefone. Finalizado e pago. Voltou para o Motel Carrington. Recebeu uma ligação de Jill Anderson enquanto caminhava. Ela disse, 'Detetive Thompson, você deletou...'

'Senhora, não sou detetive, mas se tiver algum problema, ligue para o Senhor Steele, ele vai ajudá-la mais do que eu. Adeus.'

Ele entrou no Carrington. Henry e Bella estavam parados na mesa, os olhos de Bella se arregalaram quando ela o viu. Henry claramente disse 'merda' baixinho. Thompson soube instantaneamente que Bois esteve lá.

'Henry, Bella, eu preciso que vocês olhem esta foto. Preciso que vocês me digam se conhecem essa garota.'

Ambos assentiram, não disseram nada. Bella pegou a mão de Henry sob o balcão da recepção. Ele agarrou-a, segurou-a com força. Eles olharam para a foto, Bella disse,

'Não. Nunca a vi.'

'Nem eu,' disse Henry.

'Vocês têm certeza agora, vocês dois?'

'Sim,' eles disseram juntos, as mãos apertadas com força.

'Vocês viram as reportagens da polícia na TV?'

'Sim,' disse Henry, 'não podemos ajudá-lo, Senhor Thompson.'

Thompson sabia que era inútil e disse, 'Certo, obrigado.'

Saiu. Ele estava com calor. Cansado. Estrada Darlinghurst, este meio quilômetro sujo, infeccionava ao sol como uma ferida em um cão raivoso. Fedia. Era perigoso. Durante o dia, este lugar não tinha mais nada a oferecer. As noites eram sobrecarregadas com muito de tudo.

Quando chegou ao outro lado da Estrada Darlinghurst e virou na Rua Roslyn, Henry agarrou seu braço. Thompson virou-se rapidamente, surpreso, pronto para bater em alguém, parou e disse, 'O que foi, Henry?'

'Rhia, o nome da garota é Rhia, mas você tem que nos deixar em paz agora. Acho que eles podem ter pequenas câmeras escondidas no motel.'

Thompson achou que Henry parecia terrivelmente assustado. Ele tinha razão de estar. Bois e New Light eram alguma coisa. Ele sabia disso também.

'Obrigado, Henry, foi preciso coragem para me dizer isso. Falo sério. Não vou incomodá-lo novamente.'

Thompson estava sentado em seu carro. Ligou para o dono do motel, Les Connor. Ele respondeu.

Thompson disse, 'Les Connor?'

'Sim.'

'Meu nome é Thompson, você está me evitando.'

'De jeito nenhum, detetive, o que posso fazer por você?'

'Estou indo ver você agora, por favor, esteja em casa.'

'Estou aqui esperando por você, Senhor Thompson.'

'Certo, adeus.'

———

Bois estava em pé na frente dos escritórios do conselho, chamou Abbott, ele respondeu,

'Sally, o que posso fazer por você?'

'Ele apagou o CFTV dos arquivos do conselho.'

'Lembre-se do que eu disse, Sally. Não fique com raiva. Acho que é hora de fazer algumas ligações. Vou colocar um pouco de trabalho no Senhor Thompson.'

Abbott desligou.

Sally sorriu.

Caminhou até o carro dela.

CAPÍTULO QUINZE

DI Don Talbot fez uma ligação para Les Connor, que atendeu após o terceiro toque. Afinal, era seu companheiro Don.

'Don.'

'Tem algo que você precisa me dizer?'

'Não, eu, ah, não.'

'Norton morreu em seu motel há duas noites e você não me contou?'

'Desculpe, Don, eu...'

'Depois de toda a proteção que lhe dei, Les. Isso é falta de educação. Fiquei sabendo por um jornalista. O que está acontecendo, *companheiro*?'

'Eu não posso falar sobre isso, cara.'

'A partir de agora, eu não sou seu companheiro. Eu sou o Detetive Inspetor Talbot, da polícia de Kings Cross, que pode ou não abrir um novo buraco em você se eu não obtiver a resposta certa. Entendeu?'

'Ele morreu. Ataque cardíaco em um dos quartos?'

'Ataque cardíaco, Les. Companheiro, você pode fazer melhor do que isso.'

'Ele estava com uma prostituta, morreu no trabalho.'

'Quem veio investigar?'

'Um cara chamado Thompson que disse ser da Procuradoria.'

Um segundo.

Dois segundos.

Talbot suspirou e disse, 'Você está na merda, meu amigo.'

'Ele está vindo aqui em breve. Ele me ligou não faz muito tempo.'

'Não posso ajudá-lo nessa, companheiro.'

'O que? Por quê?'

'Eles o chamam de Cash, um apelido porque ele anda na linha. Não aceita merda nenhuma. Você está prestes a descobrir o motivo.'

'Don? Don?'

Talbot pressionou encerrar no celular descartável que ele havia usado. Colocou-o no bolso da calça.

Alguns minutos depois, ele recebeu uma ligação da central telefônica.

'Sim.'

'O Comissário Chefe está na linha. Você quer falar com ele?'

Talbot suspirou, disse, e disse, 'Coloque-o na linha.'

Ele esperou, então disse, 'Don Talbot.'

'Talbot aqui é Mike Sandino.'

'Sim.'

'Deixe isso quieto.'

Um segundo.

'Deixe para lá, Detetive Inspetor. Entendido?'

'Entendido, chefe.'

'Você é um policial respeitado, Talbot, ficha decente, vamos manter assim.'

Talbot não estava assustado, talvez intimidado, mas também não era estúpido. Ele era um sobrevivente de inúmeras tempestades de merda. Ele escolhia suas lutas com cuidado.

Talbot ligou de volta para Wu naquele celular descartável dele.

'Tony Wu.'

'É o Don aqui.'

'Sim, colega.'

'Posso confirmar que ele morreu no Carrington. Mas não posso me envolver nisso, entendeu?'

'Como ele morreu?'

'Uma prostituta o fodeu até a morte. Bastardo gordo, inapto, etc., provavelmente tinha algum pó branco martelando em seu sistema.'

'Mais alguma coisa antes de você me deixar?'

'Thompson, do Ministério Público, está conduzindo o caso. Tenha cuidado com ele se você decidir se interessar. Ele é o idiota número um.'

'Obrigado, Don.'

'Até mais, Wu.'

Tony Wu continuaria investigando isso. Se Talbot estava assustado, essa coisa tinha pernas. Ele não tinha ouvido falar de Thompson. Ele ligou para seu chefe, contou a história sem mencionar o nome de Talbot. Seu chefe estava interessado. Wu perguntou a ele sobre Thompson, como ele poderia contatá-lo. Seu chefe deu a ele o número de Steele.

Wu ligou para Steele.

'Alô.'

'Meu nome é Tony Wu. Eu...'

'Eu sei quem você é.'

'Estou investigando as circunstâncias da morte do Senhor Norton da Igreja New Light.'

'Não posso te ajudar, desculpe.'

A chamada terminou.

Wu ligou para Talbot novamente.

'E agora, Bernstein?'

'Como posso encontrar esse tal de Thompson? Último favor neste.'

'Vou conseguir um número de celular para você, mas é só. Estou fora disso. Você obterá um número de celular de uma chamada de identificação oculta em cerca de dez minutos. Serei eu.'

———

Thompson bateu na porta do apartamento de Les Connor em Potts Point. A esposa de Connor estava de férias na Costa Central. Ele disse a ela para ficar lá até que essa coisa acabasse. Ele tinha a cobertura em um bloco de apartamentos de dez andares no final da Rua Macleay que já tinha visto dias melhores. Um lacaio da recepção ligou para Connor para avisá-lo que estava subindo. A porta se abriu quando ele saiu do elevador. Thompson viu um homem baixo, gordo e careca, com olhos tão claros que eram quase albinos. Ele se lembrou de um porco. Les Connor disse,

'Detetive Thompson, entre.'

Thompson entrou; o menor Connor moveu-se para um lado. Thompson esperou dentro da porta por mais instruções. Conor disse,

'Me siga.'

Eles caminharam por um longo corredor até um grande salão rebaixado. Havia uma tela enorme com uma luta de boxe entre Stevens e Paul Holmes, um jovem aborígene em ascensão. Eram três da tarde. Thompson disse,

'Quem está ganhando.'

'Apenas começou, Stevens está pressionando Holmes.'

'Não por muito tempo.'

'Cara do Holmes é você?' disse Connor.

'Ele é um Koori, como eu. Podemos lutar, você sabe.'

'Você é um Abo?'

'É, eu sou um Abo, seu gordo neandertal.'

'Huh, Oh, uau.'

'De onde você é, Senhor Connor?'

'Eu sou do oeste de muito tempo atrás.'

'Mas você não mora lá.'

'Movido e para cima.'

Thompson quase riu, disse,

'Você quer me dizer por que você está fugindo de mim, cara?'

Connor ficou um tom de vermelho. Desviou o olhar de Thompson, lembrou-se de suas falas ensaiadas com Sally Bois.

'Passei a noite toda em casa na quinta-feira à noite.'

'A morte desse figurão da Igreja New Light em seu motel na outra noite. Você não fez nada sobre isso. Por quê?'

'Recebi orientação jurídica para não dizer nada.'

'De quem?'

'Sally Bois,' e assim que disse isso, desejou não ter dito.

'Ela instruiu você, não foi, a Senhorita Bois?'

'Não, eu ah, eu estava em casa a noite toda. Eu não sei de nada.'

'Ouvi dizer que essas pessoas da igreja levam meninos e meninas para o Carrington? Fazem todo tipo de merda desagradável.'

Connor sentou-se em um grande sofá de couro marrom. Esfregou os dois olhos com as palmas das mãos. Grande suspiro. Na tela grande, o boxeador indígena levemente enquadrado disparou alguns golpes de esquerda, pop, pop, pop, cada um picando o Stevens maior. Connor abaixou a cabeça, recebeu algum tipo de infusão de confiança de algum lugar e disse, 'Não. Nada como isso. Nunca acontece no meu lugar. Algumas pessoas ficaram lá, só isso, nada mais.'

'Esgueirando-se dos subúrbios ocidentais ou Bondi Junction. É lá que acontecem as grandes reuniões da igreja, não é, Bondi Junction? Entram furtivamente em Kings Cross com alguns jovens para bater um papo sobre Deus nos quartos de cima de seu motel de merda, é isso?'

'Não sei. Eu não sou o dia-a-dia deles. Eu dirijo alguns negócios. Passei a noite toda em casa na quinta-feira à noite.'

Holmes lançou um grande cruzado de direita na mandíbula de Stevens. A cabeça de Stevens foi jogada para trás, mais um baque do que uma ferroada dessa vez.

'Pessoas da igreja, New Light para que possamos ser claros. As pessoas da New Light se registram em seu motel e sua equipe recebe ordens de não registrá-las, não emitir recibos, chamá-las de David fodido Jones. Estou certo?'

'Não sei nada sobre isso. Não há registros dessas pessoas no motel, tenho certeza.'

'E o Wayne, Les? O que aconteceu com ele?'

'Não sei nada sobre isso. Eu estava em casa o tempo todo...'

'Isso aconteceu depois disso, em um apartamento que você alugou para Wayne. Ele foi morto, pregado na parede, seu puto. Um jovem criado em uma casa. Você deu a ele um emprego, um apartamento, pagou. Então um cara gordo, um cara gordo que costumava visitar Wayne naquele apartamento, morre em seu motel depois de trazer uma trabalhadora do sexo para lá, uma jovem que agora identificamos, sim cara, sabemos quem ela é. Então Wayne é morto no dia seguinte porque deu entrada em Norton. Está ligando a porra dos pontos, Les?'

Holmes perseguia Stevens pelo ringue, tentando encurralá-lo. Stevens se esquivava e ziguezagueava enquanto Holmes o perseguia. Recuava. Stevens não estava no controle agora. Holmes procurando o golpe de nocaute.

'Bem, Les, o que você tem a dizer agora?'

'Advogado.'

'O que?'

'Advogado.'

'Eu diria que você definitivamente conseguirá esse advogado, Les. Porque você vai precisar dele, porra.'

Thompson virou-se, voltou por onde tinha entrado. As chaves estavam na porta, ele abriu, não fechou, caminhou até o elevador. Atravessou a rua, entrou no carro e sintonizou a luta no momento em que Holmes derrubou Stevens na tela. A luta era realizada aqui em Sydney, não muito longe de Redfern, onde ele foi criado. Ele colocou um pouco de medo na picada. Connor estaria fazendo ligações preocupadas para a Igreja. Thompson pensou que a igreja poderia desistir de Connor para um bem maior. Ele era um homem estúpido, facilmente manipulado. Eles podem convencê-lo a fazer 'tempo suave' para o bem maior da igreja e algumas recompensas financeiras. Ou eles podem blefar para escapar da coisa toda. Thompson queria queimar todos eles e sua igreja até o chão. Ele ligou para Steele.

'Acho que posso ter a garota. Eu a tenho no CFTV antes de ir para o Carrington, mas não depois. É um palpite até agora. Eu tenho o nome dela.'

'Bom trabalho, Thompson'

'Apaguei o CFTV dos arquivos do Conselho.'

'Recebi uma ligação.'

'Eu estava com Les Connor agora há pouco. Expus tudo para ele. Não toquei nele, mas o intimidei um pouco.'

'E?'

'Ele gritou advogado, então eu o deixei para pensar sobre isso.'

'Tenha cuidado com essas pessoas, Thompson. Eles são poderosos. Fazemos nosso trabalho, sem dúvida, mas como o antigo programa de TV da BBC, suavemente, suavemente.'

'Farei o meu melhor.'

'Se você puder e Thompson?'

'Sim.'

'Recebi uma ligação de um jornalista, Tony Wu. Ele sabe disso. Sabe que estamos investigando.'

'Eu li o material dele,' disse Thompson, 'parece mais provável que ele esteja a bordo conosco do que Abbott e companhia.'

'Precisava avisar e ele é jornalista, a história é tudo o que importa.'

'Certo, obrigado.'

'Continue caçando, Thompson.'

Hoje à noite, ele voltaria para o Cross, levaria a foto da garota com ele, perguntaria sobre ela. Ele tinha o nome dela, Rhia. Ele verificaria os anúncios de acompanhantes on-line para ela, mas ela não usaria esse nome, talvez uma foto? Ele queria ver Aimee também, ela foi uma coisa boa que aconteceu com ele. Ele queria continuar isso, mas o trabalho, sempre o trabalho.

CAPÍTULO DEZESSEIS

Salem olhou para cima quando Rhia voltou para o apartamento e disse, 'Ei, querida.'

'Oi.'

'Você fez.'

'Sim, joguei fora o cartão.'

'Acho que devemos nos mudar.'

'O que?'

'Descobri o que há neste USB. Acesso a muito dinheiro, mas também ao vídeo do gordo com meninos e meninas adolescentes, outros homens e mulheres de meia-idade, com meninos e meninas mais novos. Não sei se são maiores de idade ou não, mas estão trabalhando, não estão fazendo por vontade própria. A maioria de seus rostos são tristes. Eu... eu gostaria de não ter visto um pouco disso. Eu...'

'O que? O que você está falando?'

'Me ouviu?'

'Sim.'

'Atos obscenos, Rhia. Exploração.'

'Eu... eu conheço esse tipo de pessoa, Salem. Eu vejo isso todo dia, porra. Eu fujo deles.'

'Eu sei, desculpe. Isso foi impensado, querida. Mas há dinheiro. Muito disso.'

'Sim, hum, o dinheiro. Você pode pegar isso?'

'Eventualmente, sim, acho que sim. Posso pegar o suficiente para conseguirmos um apartamento em algum lugar novo. Quero dizer, comprar um, não alugar. Deixar o resto do dinheiro, jogar o USB fora. Decolar.'

'E a Molly e a escola?'

'Você viu como eles mataram o funcionário da noite. Eles não estão brincando. Estaremos em apuros aqui se descobrirem que foi você. Você vai com a Molly assim que eu conseguir o dinheiro. Devo resolver isso até o final do dia.'

'Como?'

'Compre um carro. Um carro usado de algum lugar do oeste. Pague em dinheiro. Pegue o que precisar, dirija até Melbourne. Vou terminar aqui. Eles estão procurando por você, não por mim. Você mudou seu cabelo, isso é legal. Eles provavelmente não pensariam que você tem uma filha. Vá no carro, direto para lá.'

'Um novo começo. Trabalhos de verdade.'

'Sim.'

'Tem certeza de que pode conseguir o dinheiro?'

'Logo, querida, logo. Sim, eu posso fazer isso. Estou tentando descobrir o que vai desencadear se eu pegá-lo.'

'Molly estará em casa logo.'

'Espere até que eu tenha o dinheiro em uma conta. Usaremos uma das minhas identidades falsas para abrir uma conta online. Posso transferir dinheiro para uma nova conta para você, um novo nome, para Molly também.'

'Sim, sim. Faça isso.'

'Há quase dezoito milhões em várias contas.'

'Dezoito milhões, Jesus, Salem.'

Ele sorriu para ela e disse.

'Vou roubar todos eles, ficar com setecentos e cinquenta mil. Podemos conseguir um apartamento de dois quartos no subúrbio em algum lugar. Vou terminar aqui, limpar, pegar o dinheiro, garantir que ninguém venha atrás de nós.'

'Isso é corajoso, Salem. Tem certeza de que ficará bem sozinho? Você sabe...'

'Eu vou ficar bem. Eles saberão que o dinheiro se foi, não quem o pegou.'

'Mas tem que ser nós.'

'Você não é nós e eles não sabem quem você é. Ligue para o gerente do motel. Descubra o que eles sabem?'

'Se eu ligar, eles saberão que fui eu.'

'Você tem razão. Merda. Está tudo bem. Você acha que você e Molly podem sair para algum lugar enquanto eu resolvo isso? Acho que preciso de silêncio.'

'Sim, eu vou buscá-la. Iremos ao cinema. Ela quer ver o novo filme da Marvel.'

'Legal. Retirei todos os seus anúncios online, cancelei os impressos. Você está livre.'

'Sim, livre, legal,' Rhia disse como se estivesse em algum tipo de transe, algum devaneio estranho, mas ela voltou para a porta, começou a caminhar para a casa da amiga de Molly.

Salem tirou os óculos tecnológicos. Ligou o laptop novamente, ele poderia fazer isso. Paciência, tente coisas diferentes, veja os resultados antes que eles aconteçam. Pense em código.

Ele trabalhou nisso. Escreveu o código que entregaria o dinheiro, salvou em seu próprio pendrive. Ele ainda não tinha certeza do que seria acionado. Com que rapidez eles descobririam? Ele sabia que havia outras cópias do USB porque o código só funcionava se duas outras pessoas enviassem suas senhas e um código secundário ao mesmo tempo. Duas outras identidades desconhecidas na dark web. Salem contornou. Isto é o que ele fazia. Passava em torno de merda como esta. Escrevia um código genial. Desviava. Roubava. Um ladrão de dia e de noite. Ele sorriu e disse suavemente, 'A fodão.'

Rhia segurou a mão de Molly enquanto caminhavam pela Rua Oxford, passando pelo The Exchange, uma boate que recebia todos os membros de todas as comunidades. Ela e Salem tinham dançado lá em mais de algumas ocasiões em seus dias de festa. Ela sorriu com o pensamento, apertou a mão de Molly com força.

'Ow, Rhia, não tão apertado, você está apertando a merda da minha mão.'

Ela deixou a mão de Molly cair, sorriu e disse, 'Não diga palavrões,' e as duas riram como loucas, caminharam pelos jardins, passaram pela piscina e pelo memorial de guerra e entraram na Rua Pitt, onde um novo cinema havia sido inaugurado. Novamente de mãos dadas, elas foram até a bilheteria, pegaram seus ingressos. Havia um novo membro do clã Marvel a ser apresentado no novo filme. Razor. Como o Flash, mas novo. Razor seria interpretado por um novo jovem ator australiano, Tom Newton. Rhia decidiu que iria adorar. Ela e Molly sempre se sentavam na primeira fila, olhando para a enorme tela. As cortinas começaram a abrir; a música tema tocar. Elas realmente ficariam livres por pelo menos os próximos 96 minutos.

começaram a abrir; a música tema tocar. Elas realmente ficariam livres por pelo menos os próximos 96 minutos.

CAPÍTULO DEZESSETE

O CELULAR DE THOMPSON TOCOU.

Steele.

'Sim.'

'O banco me ligou. Alguém retirou $ 2.000 da mesma conta da outra noite, mesmo caixa eletrônico, novamente, sem foto. Não sei se ajuda ou não.'

'Ela pode estar dando um último mergulho, pode estar sacando todo o dinheiro que puder. Talvez ela seja uma viciada agora, caso em que ela voltará novamente. Que horas eram?'

'Há algumas horas atrás. E o que você quer dizer com *agora?*'

'Nada, uma figura de linguagem. Vou rever as imagens do CFTV.'

'Sim, espero que desta vez você a pegue. Continue caçando.'

———

Thompson não poderia fazer muito mais nesta fase. Ele voltaria para Kings Cross. Ele checou todos os anúncios online no Wentworth Courier, pesquisou um monte de merda no Google, mas ela pode usar uma peruca, ela pode fazer um monte de coisas. Thompson tentou pensar no tempo que passou com Rhia. Era genuína aquela bebida. O que ela disse a ele? Ela admitiu ter apenas dezoito anos, que gostava de ir a grandes raves em armazéns e clubes, não usava drogas, apenas dançava, ia sozinha ou com um amigo gay que ela disse que trabalhava no Muro. Thompson pensou que ela provavelmente usava drogas nas raves, mas seus braços estavam limpos, sem marcas de picadas. Ele olhou, fez questão disso. Ela disse a ele que morava em Potts Point em um prédio alto que por acaso ficava ao lado de um bordel, mas ela não trabalhava lá, naquela época ela anunciava online, foi assim que ele a encontrou. Ela disse a ele que fazia a rua ocasionalmente porque achava que poderia escolher os caras que poderiam ser problemas, evitá-los. Confiante demais nisso, ele pensou na época. Ele tinha sido ligado em anfetamina, sua preferência sobre a cocaína. Droga de sucesso de rua mais barata, mais forte e mais suja, mas não tão fodida quanto crack.

Mas o crack estava fora. Ele tinha visto os efeitos muito de perto em outros. O que mais sobre a garota, Rhia? O que poderia identificá-la? Ele não conseguia pensar direito. Ele teve que voltar, dar outra chance a todos os jogadores, sim, a todos eles.

Seu celular tocou, outro número que ele não sabia.

'Thompson.'

'Senhor Thompson, meu nome é Abbott. Eu sou o...'

'Eu sei quem você é.'

'Bom, bom, agora talvez você possa ouvir em vez de interromper...'

'Foda-se. Ainda não estou pronto para falar com você. Avisarei quando estiver.'

'Como estão sua esposa e filha, Senhor Thompson? Talvez vocês três possam ir a um culto no domingo, talvez...'

'Espero que você não esteja me ameaçando.'

'De jeito algum, apenas fazendo um convite. Elas moram nos subúrbios do leste, não é?'

Thompson encerrou a ligação. O idiota estava tentando atraí-lo. Ele deixou passar. Tirou do bolso o saquinho de plástico. Esvaziou o suficiente do pó branco manchado na mesa da cozinha em três linhas. Esses vira-latas que se escondem atrás da religião, ele pensou. Dando a eles o que eles pensavam ser uma licença para fazer o que quisessem. Ele os fecharia. Cada um deles.

CAPÍTULO DEZOITO

THOMPSON DIRIGIU ATÉ KINGS CROSS. Estacionou. Caminhou até a rua principal. Começou a fazer sua versão de bater nas portas, atingindo os propagandistas de clube de strip, que eram cautelosos na melhor das hipóteses, inúteis na pior. Ele enfiou a cabeça no The Carrington. Disse à moça da recepção quem ele era. O nome dela era Andrea, uma gata grande e gorda, braços flácidos, cabelos loiros, talvez quarenta anos, linhas duras ao redor dos olhos.

Ela disse quando ele disse que era do Ministério Público,

'Não estou falando com você.'

Uma atiradora direta. Com uma voz calma, ele explicou o que queria. Ele a viu suavizar um pouco.

'Você pode me chamar de Andy, querido,' disse ela, piscando. Thompson sorriu apesar de si mesmo.

'Você conhece essa garota,' disse ele, mostrando a ela a foto de Rhia.

'Não, mas nada se destaca nela, nada chama a atenção. Esse cabelo ruivo, roupas medianas, altura, tudo.'

'Você deveria entrar para a polícia, Andy.'

'Eles não me aceitariam. Passado de cadeia, o que explica por que estou neste lixão.'

'Você já tem um novo porteiro noturno aqui?'

'Começa esta noite.'

'O nome dele?'

'Anton.'

'Eu conheço os dois pombinhos, quem é a terceira recepcionista?'

'Era Tracey, ela desistiu. Um cara que trabalhava aqui está voltando. O nome dele é Sam. Trinta e poucos anos, um pouco como eu, já deu muitas voltas no quarteirão, parece uns quinze anos mais velho do que é, mas meio rude.'

'Mulher falou com vocês aqui? Ameaçá-la sobre o que aconteceu naquele quarto lá em cima na noite de quinta-feira passada.'

'Eu fui paga para calar a boca, vou cumpri-lo mesmo que você seja um cara bonito.'

'Você conhece David Jones?'

'Sim, eu conheço todos eles, mas como eu disse. Fui paga e também não sou estúpida. Número um. Preciso do emprego por causa daquele passado de que lhe falei. Número dois. Aquela cadela até me assustou, e você sabe como Wayne morreu. Numero três. Igreja Nova Luz.'

'Entendi, Andy.'

'Se você quiser me ligar, brincar com uma garota gorda, me avise,' disse ela, rindo suavemente.

'Eu vou.'

Thompson estava chateado. Bois tinha fodido com as mentes da equipe. Steele ainda não colocaria policiais para protegê-los, queria atraí-los para fazer algo estúpido que pudessem usar. O calor pairava por toda a faixa semideserta. Erguendo-se dos ralos e calhas. O asfalto quente. Entrando em suas narinas, seus olhos, a areia. Foda-se este lugar. Ele parou profissionais do sexo, tanto homens quanto mulheres, nenhum deles a reconheceu. Ele parou em alguns cafés. Nada. Entrou e saiu de bares vagabundos. Nada. Então ele se lembrou dela sentada no degrau da pizzaria. Ele foi lá, mostrou a foto dela para um velho de avental preto, barba preta, olhos injetados, disse para ele,

'Você a conhece?'

'Sim, ela vem aqui semi-regularmente. Pega algumas fatias, senta no degrau como você disse. Ela pode comer, voltar para repetir às vezes. Legal, amigável, ela está com problemas?'

'Não. Ela já entrou com outra pessoa? Um homem, talvez gay, um profissional do sexo que você deve ter visto andando por aí?'

'Não. Sozinha, sempre, geralmente tarde às três ou quatro da manhã.'

'Qual o seu nome?'

'Eddie.'

'Eddie, este é o meu cartão, você vê-la, você me liga, certo?'

'Ela não está com problemas? Eu não sou um rato de merda.'

'A mãe dela está procurando por ela. Não a vê há anos. Preocupada com ela.'

'Tudo bem, se eu a ver, vou te ligar.'

'Obrigado, Eddie.'

Thompson começou a caminhar de volta para o carro, o tempo todo quebrando a cabeça sobre a garota. Era alguma coisa, não muito, mas alguma coisa. Ele parou, virou-se, decidiu caminhar até o muro infame onde os jovens exerciam seu ofício. Meninos principalmente.

No caminho ele ligou para Aimee, ela atendeu.

'Alô.'

'Sou eu, Thompson.'

'Estamos nos sentindo mais amigáveis, não é?'

'Desculpe, trabalho.'

'Vou deixar passar uma vez.'

'Que tal mais tarde esta noite, você está trabalhando? Estou indo nessa direção agora.'

'Não, eu larguei.'

'Largou. Uau.'

'Eu odiava, mas sou uma boa atriz, isso você não viu.'

'O que você vai fazer?'

'Tornar-me uma garota do Instagram.'

'Oh, eu posso ver isso.'

'Quando você termina de trabalhar?'

'Algumas horas'

'Você quer vir para minha casa em Newtown?'

'Eu quero ir, sim.'

'Vejo você então. E Thompson?'

'Sim.'

'Gosto de você. Bastante.'

CAPÍTULO DEZENOVE

Domingo de manhã, Bois acordou, rolou de costas e olhou para a esquerda. Zlatan Lukic estava na cama com ela, de costas para ela. Seu cabelo foi raspado em um corte número um. Pelos ásperos em seus ombros musculosos, duros e cheios. Ele estava com Bois quando ela matou Wayne. Zlatan era uma boa foda. Bois já o tinha feito duas vezes, mas perigoso. Um temperamento. Um cara croata que trabalhava com Billy Hassan. Quando ela olhou para ele deitado ali, ela já queria que ele fosse embora. Ela saiu da cama, foi nua até a cozinha, abriu a geladeira, tirou leite. Ligou a máquina de café Nespresso, pegou algumas cápsulas do armário, colocou todo o processo em movimento. Preparou um latte forte e um longo macchiato para Zlatan. Entrou no quarto. Colocou o café dela em uma pequena cômoda ao seu lado da cama. Empurrou Zlatan rudemente com a mão direita, ele se mexeu, ela o empurrou novamente.

'Porra. Porra. Que porra você está fazendo, sua maluca...'

'Café. Tenho igreja esta manhã, você tem que ir embora.'

Ele não gostou. Ele sentiu a raiva familiar chegando, mas Hassan disse a ele para não mexer com a garota, para não perdê-la. Ela tinha conexões. Ela era importante. Isso é tudo que ele lembrava. Ela tinha conexões. Ela era importante. Ele rolou, encostou as costas fortes na cabeceira da cama, pegou o copo com seu macchiato comprido com a mão enorme e carnuda, deu um gole. Colocou-o na cômoda.

'É um bom café. Você lembrou.'

'Sim.'

'Você quer foder de novo?'

'Não.'

Ele acendeu um cigarro de um maço de Marlboro Red que pegou do chão. Não havia cinzeiro. Ele iria improvisar. Ela o deixou fumar. Ele provavelmente explodiria se ela não o fizesse. Ela se perguntou se poderia vencê-lo em uma luta. Enfiar uma agulha de tricô no olho dele. Um sorriso surgiu em seus lábios. Ele despejou a cinza do cigarro no maço meio vazio de Marlboro.

'Vou tomar banho, você tem que ir.'

'Sua filha da puta me diga o que fazer de novo. Juro por Deus, eu...'

Ela continuou andando. Pensou que esta era definitivamente a última vez que ela transaria com ele. Perigoso demais. Mental demais. Ela poderia pegar outros tipos menos voláteis.

———

Rhia estava fazendo ovos poché para Molly. Seus favoritos. Ela colocou pão na torradeira. Salem tinha descoberto. Ele ainda não tinha feito o negócio, mas tinha descoberto. Ele esperaria até segunda-feira. As identidades falsas levariam outro dia. Ela encontrou um carro online que achou que poderia ser bom. Era um Mazda 3 de segunda mão que tinha feito apenas cinco mil K. Era um hatchback vermelho de cinco portas. Ela nunca teve um carro antes. Ela era uma rainha Uber, mas o pensamento a encheu de alegria. Ela e Molly em uma viagem para Melbourne. Para os subúrbios. Arrumar um emprego em algum lugar fazendo outra coisa. Uma garçonete seria bom. Ela gostava de pessoas; gostava de ser amigável. Uma nova escola para Molly. Ela estava com medo também. De como Wayne morreu. Ela sabia que a Igreja era poderosa, que eles e a polícia estavam procurando por ela. O que o gerente de plantão disse? Se ele a tivesse visto encontrar o homem pela primeira vez. Ela não conseguia se lembrar de quem estava na recepção. Os ovos estavam prontos, a torrada saiu da torradeira.

'Molly. seus ovos estão prontos.'

Molly entrou na cozinha de pijama, sorrindo e disse, 'Obrigada, Rhia.'

'Me chame de mãe, baby, OK, por favor, só para mim.'

Molly sorriu, cortou a gema e a torrada.

Thompson estava sentado em seu carro, a cerca de cem metros da Igreja New Light, com pequenos binóculos levantados para os olhos. Estava mortalmente quente, o suor se acumulava na base de sua espinha na fenda de sua bunda. Ele tinha alguns olhos nele. Um cara em um Ford Festiva branco, estacionado cerca de dez carros atrás dele. Thompson o notou na Estrada Old South Head. Ele tinha ido para casa tomar banho e se trocar. Era um homem. Cabelos raspados. O show acabou na Igreja New Light, as pessoas saindo. Não era uma igreja; nenhuma igreja local poderia manter as quinhentas a seiscentas ou mais pessoas. Era um centro de entretenimento moderno e construído propositadamente. Havia dezenas de milhares assistindo à transmissão ao vivo em todo o país. Esta reunião era para cristãos bem vestidos e, sem dúvida, incluiu, rock cristão e discursos motivacionais estilo Anthony Robbins mais do que sermões. Thompson lembrou-se dos fariseus da Bíblia, aqueles hipócritas imbecis que ditavam regras e que Jesus tanto odiava. A maior história já contada. Era uma leitura e tanto, ele concordou.

Ele os observou vagar, liderados pelo chefe boceta Abbott seguido pelos plebeus, felizes por estar em qualquer lugar perto do grande homem. Então, foda-se, Sarhan Al-Abadi saiu. O sósia de Sean Connery. O imperturbável escritor pé no saco. Um pensamento surgiu em sua cabeça. Ele sabia que Bois precisaria de uma segunda pessoa para ajudá-la a pregar o jovem na parede. Poderia ser o pé no saco lá de cima? Os olhos e ouvidos, a fofoca, quem estava em casa o dia todo. Ele era grande e forte o suficiente e aqui estava ele na 'igreja.' Ele tinha estômago para isso? Thompson precisaria descobrir.

Ele já havia decidido esquentar as coisas. Ele prenderia Les Connor depois que essa pequena expedição de pesca terminasse. Pessoalmente não. Ele faria Steele chamar dois detetives à paisana para prendê-lo. Ele chamaria seu advogado, mas passaria um tempo em uma cela antes que o advogado chegasse. Thompson sabia que não tinha nada sólido. A equipe do motel estava com muito medo de falar. Não havia papelada.

Ele pode ter que encontrar os rapazes e moças, as garotas e os garotos com quem todo aquele pessoal David Jones New Light ficou, mas como. Como? Ele não podia garantir a segurança do pessoal, não com Bois e agora este idiota o seguindo. Era uma tarefa impossível. Mas esperava que colocar Connor em uma cela agitasse as coisas. A garota. A garota. Ela era a chave.

Nada mais o surpreendeu muito enquanto olhava pelo binóculo, pés de chinelo de classe média, pensou consigo mesmo. Um político ou três, um policial de primeira linha, hmmm, algumas celebridades de grau Z, mas alguns figurões também, alguns esportistas, atuais e aposentados. Bois vestindo um terninho preto parecendo sombria. Bois deu a Zlatan a tarefa de seguir Thompson depois de falar com Billy Hassan para obter a aprovação de Abbott. Thompson ligou para Steele.

'No serviço local do Vaticano.'

'E?'

'Os destroços de sempre e qualquer que seja a outra palavra.'

'Entulho.'

'Sim. Quero prender Les Connor hoje. Você pode enviar dois detetives à paisana para levá-lo até a Rua Macleay para a delegacia de Kings Cross?'

'Eu posso.'

'Além disso, eu tenho um cabeçudo no meu rabo. Eu preciso me livrar dele. Posso usar Ari se você aprovar, chefe?'

'Com um aviso de extrema cautela. Seu amigo Ari

é muito solto, Thompson, muito solto. Mantenha-o na coleira, uma coleira apertada. Falo sério. Livre-se do rabo, mas nada mais, nada... nenhuma loucura de Aristotle Karakas.'

'Entendi. Isso pode esquentar um pouco mais as coisas. Abbott me ligou, mencionou que eu tinha esposa e filha, como elas eram adoráveis, como viviam nos subúrbios do leste, você me segue?'

'Esperável. Você quer que eu cuide delas?'

'Ainda não.'

Thompson estava se sentindo melhor. Aimee tinha feito uma bela magia nele na noite anterior. Embora sua viagem até o muro tivesse sido uma perda de tempo. A despedida deles esta manhã foi muito melhor do que no dia anterior. Mas os pensamentos sobre sua esposa e filha o atormentavam. A segurança delas. O desejo de não assustá-las tendo Steele cuidando delas em algum lugar.

Ele telefonou para Ari, contou o que estava acontecendo e voltou para casa depois de ver o último dos fiéis saindo. Quando ele saiu do carro em seu endereço em Bondi, viu Ari estacionado a dois carros em um Volkswagen Golf verde. Ele também se virou e viu o homem que o estava seguindo parar do outro lado da estrada. Ele inclinou a cabeça para o Ford Festiva, Ari sorriu. Thompson balançou a cabeça e entrou.

Ari saiu do carro enquanto Zlatan saía do Ford branco. Ari usava jeans cortados, uma camiseta azul clara, meias grossas, botas de trabalho marrons nos pés. Ele estava ficando calvo, com ombros enormes, a barriga pendurada por cima do jeans, ele tinha uma barba de três dias que era áspera e de aparência bagunçada. Ele coçou a nuca, aproximou-se de

Zlatan com um cigarro, disse e disse, 'Tem fogo, meu amigo?'

'Foda-se.'

Ari bateu com o salto de sua bota direita na canela de Zlatan, que cambaleou para trás e então se abaixou em agonia. Ari agarrou a gola da camiseta preta de Zlatan com a mão direita e deu dois socos na lateral da cabeça dele com a esquerda. Zlatan era duro, mas isso surgiu do nada, ele estava tentando se firmar, de alguma forma se concentrar, mas Ari disse, 'Não, meu amigo.' Acertou-o nos rins com força três vezes, um soco poderoso após o outro. Zlatan caiu de novo, Ari esfolou a canela direita com a bota de trabalho novamente, a dor subiu pela perna de Zlatan, depois puxou sua cabeça para trás, cuspiu em seu rosto, bateu nele de novo, duas vezes no rosto. Zlatan estava de barriga para baixo na estrada de asfalto quente. Um cara do outro lado da estrada estava observando do portão da frente. Ari acenou para ele e ele entrou. Era uma manhã tranquila de domingo, cedo para os padrões de Bondi. Um carro branco com tração nas quatro rodas passou. Ari acenou novamente. As crianças no banco de trás acenaram alheias à dor que o homem no chão estava sofrendo. Ari se ajoelhou, colocou o hálito quente na orelha de Zlatan e disse, 'Você é um cara duro, hein,' deu um beijo na lateral da cabeça dele e deu dois socos nas bolas dele, rápidos e fortes. Zlatan vomitou, Ari riu e disse, 'Cara durão, hein, gosta de seguir pessoas,' acertou-o nas bolas de novo, duas vezes, arrastou-o pelo asfalto quente de volta ao carro, enfiou uma bota na cabeça dele, ajoelhou-se ao lado novamente, e disse, 'Quem te enviou?'

Zlatan não conseguia falar, suas bolas pareciam

estar dentro de seu estômago, doíam como nada que ele havia experimentado antes, ele estava sendo massacrado melhor do que ele jamais havia massacrado alguém.

'Quem te mandou?' Ari perguntou novamente, batendo a cabeça de Zlatan no Ford branco. Beijou-o de novo na bochecha e disse, 'Da próxima vez que eu te pedir fogo, você pode me dar, hein? O que você diz, cara durão?'

Zlatan esperou que viesse, a finalização. Ele temia o que iria acontecer. Ari agarrou-o pela frente da camiseta, encostou o rosto no nariz e disse, 'Última chance, quem mandou você?'

Acertou-o de novo, duas vezes no estômago e outra nas bolas. Ele vomitou baba da boca, pensou consigo mesmo, Hassan não, não posso entrega-lo e disse, 'Bois, a garota, Sally Bois.'

A cabeça de Zlatan caiu, pensando que estaria acabado agora.

Ari deu um chute na cabeça dele com a bota esquerda, deu um soco forte na lateral da cabeça, a orelha dele começou a sangrar por dentro, tirou as chaves do carro do bolso, abriu a porta, arrastou ele para o banco do motorista, e disse, 'Game Over.'

Bateu com a testa no volante três vezes, com força. Tirou uma pequena lâmina do bolso do short, fez um corte fino na bochecha de Zlatan, para efeito, não dor. Para lembrar a surra. O sangue escorria por seu rosto.

Ari fechou a porta do carro, deixou-o. Virou-se para trás, observou Zlatan driblar um pouco de bile amarela de sua boca. Pegou o celular de Zlatan na rua, onde havia sido arrancado do bolso da camiseta. Discou o triplo zero, disse a eles que um homem estava em um carro agindo de forma estranha, descreveu o Ford branco, disse a eles o endereço que ficava na frente e jogou o telefone no ralo. Subiu as escadas até a casa do amigo. Ele tinha um nome, transmitiu uma mensagem forte. Thompson contou a ele o que estava acontecendo no motel com os meninos e meninas. Ari não gostou nem um pouco.

Ele caminhou pela lateral do bloco de apartamentos de Thompson, bateu na porta de tela de arame, sacudiu-a um pouco. Thompson apareceu e disse, 'Você está tentando arrancar a porta de tela de arame ou o quê?'

'Talvez ou o quê. Acho que aquela cadela não vai te seguir de novo, a menos que tenha sido cortada de algo especial.

'Você não...'

'Eu não. Ele ficará bem fisicamente em alguns dias, mas pode estar um pouco nervoso, um pouco envergonhado, por assim dizer.'

'Entre. Tenho algumas outras coisas que quero lhe passar. Essa coisa fica maior a cada dia.'

'Eu estou de serviço então, porque eu tenho outro trabalho, sempre tenho outro trabalho e...'

'Steele aprovou, a taxa normal, mas do meu jeito, minhas regras, entendeu?'

'Entendi,' disse Ari, rindo alto.

Thompson balançou a cabeça e sussurrou para si mesmo, 'Foda-me.'

———

Dois detetives estavam conduzindo Les Connor pela Rua Macleay. Ele continuou pedindo um advogado, eles o ignoraram durante todo o caminho até a delegacia de polícia de Kings Cross. Seu velho *amigo*

Don Talbot disse a ele por que ele estava lá. Leu uma lista de acusações, colocou-o em uma cela depois que ele ligou para o advogado. Ele suaria lá, mas não por muito tempo. Mas ele não ligou para seu advogado, ele ligou para Abbott.

———

Bois voltou para casa depois da reunião da igreja. Ela queria acreditar em tudo que a New Light oferecia. De que outra forma entender sua vida perturbadora? Sentou-se em um enorme assento tipo gaiola de passarinho, uma espécie de cadeira de balanço de frente para a baía, balançando as pernas como uma garotinha. Alongou um pouco, seu celular tocou. Ela viu que era Billy Hassan, sua pulsação aumentou, o suor subiu à sua testa, mas ela sorriu, animada.

'Billy?'

'Sim.'

'Como foi com Zlatan atrás de Thompson, o policial Abo?'

'Ele está no hospital, querida.'

'O que?'

'Eu não costumo me repetir.'

Um segundo.

Dois segundos.

Billy Hassan estava sentado em uma grande cadeira giratória preta em seu escritório nos fundos de um de seus clubes de strip-tease na Estrada Darlinghurst, com vista para uma viela suja. A grande porta de aço estava trancada, a sala era à prova de som, continha apenas uma mesa, telefone fixo, um laptop conectado ao CFTV. O ar-condicionado estava no máximo. Seus pés estavam sobre a mesa. Hassan vestia uma camisa branca de mangas compridas, colete preto, novinho em folha, jeans azul brilhante de cintura baixa. Calça Adidas preta com as três listras brancas. Ele tinha cara de bebê, barbeado, seu cabelo era um rabo-de-cavalo severo que ia até a gola, os lados raspados.

Bois suou um pouco mais, procurou o controle remoto do ar-condicionado e disse, 'Sinto muito.'

'Isso é melhor.'

'Como posso consertar isso?'

'Vamos dar um jeito, mas agora você me deve um favor, um grande favor.'

'Uh, sim'

'Deve ter sido um verdadeiro profissional, Zlatan é um cara duro. As bolas dele estão inchadas, o cara fez um corte fino na bochecha. Haverá uma cicatriz, um lembrete. Será interessante ver como Zlatan lida com isso, se ele pode voltar?'

'Uh, sim, eu... eu'

'Você sente muito, eu sei. Seu chefe, Senhor Abbott, e eu temos algumas coisas em comum.'

'Eu não entendo.'

'Você nos uniu alguns anos atrás, querida, lembra quando ele queria guarda-costas?'

'Uh, sim.'

'Eu também apresentei os rapazes e moças para seus encontros amorosos, para que seus membros fodidos fizessem o que quisessem.'

Ele riu.

'Eu não sabia disso.'

'Mas você foi ao Carrington, arrumou as coisas. É o seu trabalho. Você consertou Wayne.'

'Sim.'

'Acho que você pode fazer um pouco melhor. Não

quero que essa merda caia na minha cabeça, entendeu?'

'Sim, o que posso fazer?'

'Quem é o elo fraco? Não se preocupe, eu vou te dizer. A jovem recepcionista, a linda garota chamada Bella. Não os outros dois, não o gerente de plantão, eles estão no bolso. Siga Bella para casa. Descubra tudo o que ela sabe. Faça o que tiver que ser feito. Thompson tem um nome. Ele disse a Les Connor que tem o nome da garota.'

'Certo, eu posso fazer isso.'

'Como ele conseguiu o nome, Sally baby?'

'Uh... eu'

'Ele tem filmagem, certo? Porque ele bloqueou você no Conselho sobre o CFTV?'

'Sim.'

'Ele deu uma olhada em quem ele acha que a garota é. Mas ele não tem certeza de como tudo se encaixa. Ele volta para o Carrington e pergunta, não consegue nada, mas adivinhe, ele está deixando o Carrington e aquele gerente de plantão lá, ele atravessa a rua correndo atrás de Thompson, meu homem o viu, ele diz algo a ele, então se vira e volta. Você está acompanhando?'

'Eu vou até a garota, faço pressão nela e...'

'Você coloca o medo desse seu Deus fodido nela. Você *não* faz o que fez com Wayne. Você consegue o nome da garota. Eu vou encontrá-la. Kings Cross, é a minha cidade, querida.'

'Eu posso fazer isso por você. Vou falar com o Senhor Abbott.'

'Você faz aquela garotinha; você consegue o nome. Eu a encontrarei.'

CAPÍTULO VINTE

RHIA EXPLICOU A MOLLY QUE TODOS ESTAVAM SE mudando. Que o sobrenome dela ia ser mudado. Ela teria o sobrenome de Salem agora. Era tradicional. Eles se mudariam amanhã, terça-feira. Não haveria tempo para se despedir de seus amigos. Molly estava meio acostumada com a vida estranha que sua mãe levava, mesmo sem saber toda a verdade sobre isso. Rhia disse a ela que trabalhava como massagista (mantinha o mínimo de mentiras) tarde da noite e assim por diante. Ela sabia que Salem esteve na prisão, mas Rhia queimou no cérebro de Molly que foi um erro. Eles pegaram a pessoa errada. Salem era um cara legal. Molly comprou porque era criança e amava Salem tanto quanto amava sua mãe.

Mas isso era difícil. Ela fazia amigos com facilidade. Ela tinha cabelo loiro morango, era um pouco gordinha, mas não gorda, incrivelmente aberta a todos, ainda não endurecida de forma alguma com os males do mundo. Rhia disse a ela que poderia enviar e-mails para quantos amigos quisesse, mas ela tinha que dizer a eles que estava em Perth, não em Melbourne, não por muito tempo, apenas por alguns meses, então estaria acabado. Molly não entendeu essa parte, mas sua mãe a avisou o quão sério era, as pessoas estavam tentando colocar Salem de volta na prisão pela coisa errada. Molly faria qualquer coisa para impedir isso.

'Você vai ter que me chamar de mãe a partir de agora. Meu primeiro nome está mudando, mas me chame de mãe, tudo bem, o tempo todo, faz parte do plano. Isso é sério, Molly. Sempre, por muito tempo agora, sempre me chame de mãe. Rhia se foi, acabou. Precisamos disso para ajudar Salem. Você entende?'

'Sim, mãe.'

'Boa menina.'

'E quanto a Jim Wenders?' Molly perguntou. Ela sempre usou seu primeiro e segundo nome juntos.

'Ele vem jantar esta noite. Ele faz parte de todo o plano para fugir. Você pode dizer o que quiser para ele.'

'Posso dar um grande beijo nele e me despedir?'

'Acho que é exatamente isso que você deve fazer.'

'Ok, parece um pouco divertido, você não acha?'

'A coisa toda vai ser muito divertida, eu acho.'

'Aqui, querida,' disse Salem para Rhia entregando a ela a carteira de motorista de Victoria que ele imprimiu em sua impressora 3D.'

'Você gostou, Miranda?'

Rhia olhou para a foto, com seu cabelo branco curto, sorriu, gostou de Miranda. Ela poderia ser Miranda O'Donnell facilmente. Molly correu para seu quarto.

'É ótima, Salem. Eu te amo. Eu realmente amo. É emocionante, mas assustador. Acho que nunca saberemos, hum...'

'Nunca saberemos o quê?'

'Se estivermos seguros, nunca.'

'Não, acho que estaremos. Eu faço. Em algum momento, ouviremos algo. Eles vão acusar alguém de matar Wayne e pronto. Acho que vai acabar e se não, não importa. Você não fez nada de errado. Vamos continuar vivendo, seguir em frente, esquecer tudo.'

'Espero que sim.'

'Confie em mim, Miranda.'

'Você está mantendo seu nome.'

'Sobrenome sim, para Molly lembrar, não tenho certeza sobre qual novo primeiro nome.'

'Acho que cometemos um erro com isso. Acho que precisamos mudar seu nome completo. Ela pode se lembrar de um novo nome, jogar o jogo, ela fará qualquer coisa para mantê-lo seguro.'

'Tudo bem, deixe-me pensar em algo,' disse ele. 'Ainda não fiz minha identidade.'

Ambos sorriram nervosos, amanhã estaria acontecendo.

———

Na manhã de segunda-feira, Abbott estava sentado em uma poltrona em sua biblioteca. Les Connor estava sentado em frente a ele, Abbott disse,

'Eles não têm provas. Aconteça o que acontecer a partir de agora, eles não têm provas. Boatos, isso é tudo. É por isso que eles deixaram você ir sem nenhuma acusação.'

'Talbot os leu, o que eles estavam indo...'

'Isso foi antes de você me ligar, Les. Nenhuma acusação foi feita. Eles estavam tentando assustar você. Fique longe de Talbot. Ele não está no nosso time. Entende, Les?'

Ele acenou com a cabeça.

'Diga, Les. Diga que entende.'

'Eu entendo.'

'Agora, vá para casa, esqueça isso. Não precisamos mais de você.'

'Huh.'

'Qualquer negócio entre nós acabou agora.'

'Eu... não.'

'Você é um risco, Les. Não precisamos de você.'

'Eu não entendo.'

'Vá para casa. Entrarei em contato, não se preocupe, você será atendido neste assunto. Siga o que a Senhorita Bois disser. Você estava em casa na última quinta-feira à noite. Não mais reservas anônimas de nós. Não mais dinheiro entregue a você. Você entende agora?'

'Sim.'

'Bom. Você esta por sua conta. Você tem alguns negócios que precisa administrar. Tente ser um pouco mais prático, Les. Apenas meu conselho.'

Abbott o acompanhou para fora.

Les Connor não entendeu.

CAPÍTULO VINTE E UM

Carter Thompson sentou-se ao computador para ver a filmagem do CFTV novamente. Ele passou por isso algumas vezes. Demorou algumas horas, mas não conseguiu nada de novo. Ele sabia que era Rhia, mas para onde ela foi depois da pizza? Maldito CFTV. Ele tinha Ari vigiando Bois em sua casa em North Bondi.

Ele e Ari estiveram juntos na academia. Ambos estavam entre os primeiros da classe até que Ari foi expulso por dar uma surra em um dos instrutores físicos. Ari o pegou por intimidar um jovem cadete. O instrutor era um veterano endurecido, conhecido por às vezes ir longe demais. Ele pensou que Ari estava brincando quando disse, 'Por que você não tenta isso em mim?'

O velho profissional Mike O'Shea olhou para Ari e riu. Ari estava acima do peso quando jovem, mas ainda era capaz de completar todos os exercícios e sua resistência era sólida. Ele era uma aberração em levantar pesos e era querido por todos os seus colegas de classe, mas eles não tinham ideia de suas habilidades de luta até aquela manhã fria de inverno, vinte anos atrás.

Ari encontrou Mike O'Shea de frente, com as mãos penduradas ao lado do corpo, como Ali em seu auge. Quando o velho profissional veio até ele com as mãos para cima, parecendo um lutador, O'Shea lançou uma forte direita e acertou Ari na lateral da cabeça. Ari sorriu para ele, ficou parado. O'Shea passou por ele, jogou uma esquerda desta vez, mas Ari agarrou seu braço abaixo do cotovelo, torceu-o e deu um backhand no velho profissional com a direita. O'Shea cambaleou um pouco, ferido, nunca havia sido atingido assim, tão cedo em uma luta. Ele se recompôs em uma postura firme, com as mãos para cima novamente, cauteloso pra caralho agora. Ari se moveu um pouco agora, seus braços e mãos ainda pendurados para baixo, e ele se arrastou na terra seca em que eles estavam ao lado de uma quadra de basquete.

O'Shea veio para ele de frente novamente, mas lento e constante tentando atrair Ari para fora. Ari esperou. O'Shea o perseguiu, mas Ari esperou. O O'Shea maior avançou, lançou uma combinação rápida esquerda-direita, acertou Ari no lado esquerdo da cabeça, cortou seu nariz, o sangue escorreu. Ari limpou e disse, 'Vamos, garotão, o que você tem para mim?'

Sorrindo, quase rindo.

O'Shea veio até ele, deu uma rajada de socos que Ari se esquivou e bloqueou, agora com as mãos para cima. Ele também se movia mais rápido, dançando e não arrastando os pés, com os pés leves para um sujeito obeso. Ele atingiu O'Shea rápido, três ou quatro vezes, o homem maior não conseguiu parar os golpes. Ele recuou. Ari deu um chute em seus rins que mordeu o homem mais velho com força, ele estremeceu, Ari se aproximou, acertando-o três vezes no mesmo local em que o havia chutado. O'Shea cedeu. Ari agarrou-o pelos cabelos, puxou sua cabeça para trás e passou as pernas debaixo dele. O homem mais velho caiu no chão, rolou de costas. Ari o atingiu com o punho direito na têmpora. O'Shea caiu. Ari agarrou a cabeça pelos cabelos e puxou o punho direito para trás. Carter Thompson gritou,

'Não! Não!'

Ari virou-se, olhou para Thompson, que disse, 'Não, Ari, você fez o seu ponto.'

Ari caminhou até Thompson e disse, 'Até mais, meu amigo, mantenha contato' e saiu, caminhou até os dormitórios, arrumou suas coisas e saiu. Ele recebeu a carta oficial de 'você foi expulso' alguns dias depois.

———

Ari ligou para Thompson,

'Ela está saindo agora. Eu vou seguir, manter distância como você disse.'

'Sem contato, Ari, por favor?'

'Sim, vou apenas seguir. Recebi suas ordens, chefe. Tenho que ir. Ela está indo embora.'

Thompson não tinha certeza de seu próximo movimento. Abbott havia solto Les Connor. Que se apegaria à sua fraca defesa *não sei nada*. Sua esposa também o apoiou, em um telefonema. Abbott ligou para ela, disse-lhe para ficar longe. Mas eles pensavam que ele tinha a garota, isso era alguma coisa. O cara que o estava seguindo acabou no hospital durante a noite. Steele ligou para ele esta manhã para dizer que o 'Libanês' Billy Hassan o havia buscado no hospital naquela manhã.

Bois conhecia um pouco de lixo.

Billy Hassan era um bandido perigoso, mas organizado. As pessoas o temiam. Temiam o que ele havia feito, o que por sua vez mostrava do que ele era capaz.

Qualquer coisa e tudo.

Ari seguia cerca de cem metros atrás de Bois em seu Golf. Ele fumava com a janela aberta, sacudindo as cinzas enquanto dirigia. Ela fez algumas curvas rápidas para a esquerda e para a direita, mas Ari conhecia essas ruas. Ele conhecia muito bem Sydney, era seu trabalho como IP conhecê-las. Um Range Rover preto passou acelerado por ele na Rua Blair, uma rua larga e bastante tranquila que geralmente atraía apenas o tráfego local. Ari continuou dirigindo, Bois ainda à vista. O Range Rover diminuiu a velocidade e parou na frente dele. Ari apertou com força a buzina do volante. Billy Hassan saiu do carro, puxou uma arma da parte de trás do cós da calça. Zlatan lutou, mancando para fora da porta do passageiro, ele também puxou uma arma da parte de trás da cintura. Ari congelou por uma fração de segundo quando Hassan disse em voz alta,

'Saia.'

Ari engatou a ré, pisou fundo no acelerador, gritando alto,

'Foda-se você!'

Hassan começou a disparar. Atingiu o farol dianteiro, o alto do para-brisa no meio do Golf, Ari agora ria, gritava, enquanto o para-brisa começava a estalar cada vez mais.

'Vamos, seus putos!'

Hassan correu para o Golf, atirando no carro, mas apenas acertando o capô e a lateral do carro quando Ari o desviou para o outro lado. Ele havia feito e superado em todas as simulações de direção na academia. Ele já havia sido alvejado antes. Este era o trabalho dele. Ele se deleitava com isso. Hassan diminuiu a velocidade para uma corrida leve. Zlatan balançou a cabeça. Os dois se viraram, voltaram para o Range Rover, mas Ari dirigiu rápido e forte, virou 360 no lado errado da estrada oposta. Hassan e Zlatan só puderam observar enquanto ele passava por eles, deixando-os parados no meio da estrada. Ari tocou a buzina novamente, colocou os Saints em seu antigo toca-fitas, *Stranded* berrou. Ele sorriu, acelerou mais um pouco na esperança de ainda encontrar Bois, mas já era tarde, ela havia sumido.

Ele dirigiu para Old South Head por um tempo, depois virou à esquerda na Rua Penkevil e ligou para Thompson.

'Ari, o quê?'

'Deixei você na mão meu amigo, ela fugiu. Aquele perdedor de ontem e outro cara pararam na minha frente em um Range Rover preto, sacaram revólveres e começaram a atirar em mim sem se importar se havia mais alguém por perto.'

'Você está bem?'

'Sim.'

'O cara do hospital é Zlatan Lukic, ele trabalha com a equipe de Billy Hassan. Hassan o pegou no hospital esta manhã. Foi ele quem atirou em você.'

'Já ouvi falar de Hassan, não do outro perdedor. Ele tem má reputação em relação à violência.'

'Você também.'

'Pode ficar desagradável então.'

'Fora de registro, pode, sim, mas não nos registros.'

'Você pode conseguir o endereço de Hassan para mim?'

'Eu sei que ele mora em uma grande mansão em estilo italiano em Watson's Bay. Surpreendeu que os moradores de lá o deixassem, mas o dinheiro fala, eu acho.'

'Dê-me o endereço. Vou ver o que posso descobrir.'

'Provavelmente não precisa ser a catástrofe completa, Ari. Ainda não.'

'Entendo. Mas por que a igreja e Bois estão andando com esse cara, Hassan?'

'Talvez você possa descobrir. Entre uma porrada de atividades criminosas. Hassan arranja meninas e meninos, então talvez ele os tenha fornecido ao dono do motel, Connor. Ajudado a igreja?'

'Certo, Cash, eu tenho que ir. Qual é a sua jogada?'

'Tem um cara que mora no bloco de apartamentos Leichhardt. Senhor Cara legal. Ele estava no serviço da igreja, ontem. O idiota não me disse que era um membro, mesmo depois de saber que o jovem Wayne foi torturado, assassinado. Ele conhecia o gordo, Norton o visitou. Conhecia Wayne também. Ele é um babaca complexo, mas talvez eu possa pressioná-lo um pouco mais, conseguir algumas respostas.'

'Se você está procurando por alguém que ajudou Bois a matar aquele garoto. Zlatan pode ser o escolhido?'

'Ok, você faz a sua coisa, eu faço a minha.'

———

Hassan ligou para Bois. Disse a ela o que havia acontecido. Que Ari havia escapado. Bois percebeu que ele a observava algumas horas antes do tiroteio na rua. Hassan disse,

'Ele é perigoso esse cara no Golf. Meu conselho é ficar longe dele. Você sabe o que ele fez com Zlatan.'

Na verdade, isso intrigou Bois, esse cara que atacou profissionalmente Zlatan e agora havia escapado de Hassan. Quem era ele? Thompson o trouxe para isso?

Ela disse a Hassan, 'Sim, vou deixar você saber o que acontece com a garota. O que ela sabe.'

'Fale logo,' disse Hassan.

Bateu finalizar em seu celular.

Bois dirigiu até Kings Cross. Hassan disse a ela que a garota estacionou o carro no estacionamento do The Hyatt Hotel. O Hyatt, famoso por estar no topo da The Cross com o grande letreiro da Coca-Cola pendurado nele. Bois pagou pelo estacionamento, encontrou o Mazda 2 de segunda mão de Bella. Esperou.

Bella chegou dez minutos depois do meio-dia. Ela estava em um turno curto, das 7h ao meio-dia. Ela ligou o carro, deu ré e passou pelo sinal verde. Os portões da barreira se abriram. Ela saiu com Bois em seu encalço. Ela dirigiu até Newtown. Estacionou na Rua Camden e caminhou até a porta da frente. Bois agarrou seu braço enquanto ela colocava a chave na fechadura da porta da frente da pequena casa alugada que agora dividia com Henry, que ainda estava no

trabalho. Ela jogou a cabeça para trás e disse, 'O que...
o que?'

Bois sorriu para ela.

Bella congelou de medo.

Merda.

Merda.

Bois disse, 'Vá para dentro. Quero conversar, nada
mais, apenas conversar.'

'Ok, ok.'

Ela entrou no pequeno corredor, colocou a bolsa
no porta-chapéus. Parou. Bois disse, 'A cozinha. Onde
é a cozinha?'

Bella apontou o dedo para o corredor. Agitando
agora. Sabia o que aconteceu com Wayne.

'Vá. Conversaremos lá.'

Bella caminhou pelo corredor com a cabeça baixa.
Bois seguindo. Sentaram-se frente a frente em uma
mesa Laminex com pernas de aço. Quatro cadeiras
almofadadas brancas ao redor. Duas estão vagas
agora.

'Você sabe por que estou aqui?'

'Na verdade não.'

'Seu namorado, o gerente de plantão. Henry,
certo?'

'Sim.'

'Henry disse algo ao detetive. Senhor Thompson,
você o conhece.'

'Sim, eu o conheço.'

'Henry saiu correndo do motel do outro lado da
rua, disse-lhe algo. Acho que ele disse a ele quem era
a garota no quarto com o homem que morreu. A
garota que estava com o Senhor Norton no quarto
308.'

'Não sei.'

'Não sabe,' rosnou Bois. 'não me venha com merda, sua putinha.'

Bella começou a tremer incontrolavelmente, pequenos tremores, lágrimas escorrendo de seus olhos. Bois se levantou foi até a gaveta dos talheres, encontrou uma faca de carne. Agarrou Bella pelos longos cabelos negros e puxou-os com força. Bella começou a soluçar baixinho agora. Bois pôs a faca em sua garganta e disse, 'Vou cortar você se me enganar de novo.'

Silêncio.

Um segundo.

Dois segundos.

Com a faca em sua garganta, Bella disse, 'Rhia, o nome dela é Rhia.'

———

Bella ligou para Henry logo após a visita de Sally Bois,

'Ela colocou uma maldita faca em minha garganta.'

'Estou voltando para casa agora, tudo bem, imediatamente. Vou ligar para Thompson e informá-lo.'

Henry ligou para Thompson e disse, 'Aquela mulher que ameaçou a todos nós e pagou o dinheiro, ela foi ver Bella e colocou uma faca em sua garganta. Disse a ela...'

'Devagar, devagar. Vou colocar um policial do lado de fora de sua casa e um infiltrado no Carrington para que você possa trabalhar em segurança. Houve algum progresso. Seu chefe estava na cadeia, outro homem está indo para lá.'

'Certo, certo, eu... foda-se essa merda.'

'Eu sei. Você está em casa agora?'

'Sim.'

'Fique aí.'

Thompson ligou para Steele, pediu um policial na casa de Henry e Bella, um uniforme. Além disso, um infiltrado no Carrington. Ele conseguiu os dois. Ele tinha uma razão para isso agora.

———

Carter bateu na porta da frente da unidade de Al-Abadi em Leichhardt. Ele ouviu o homenzarrão caminhar até a porta. Houve um olho mágico, então um momento de hesitação antes que ele abrisse a porta e dissesse, 'Senhor Thompson, a que devo a honra?

Carter gostaria de ter colocado uma grande quantia de dinheiro nele dizendo algo idiota assim.

'Posso entrar?'

'Certamente.' Ele abriu a porta, um floreio de sua mão indicando que Thompson deveria segui-lo. Ele fez. Eles foram para o salão. Thompson sentou-se em uma poltrona. Al-Abadi ficou em pé junto ao aparador da lareira. Thompson disse, 'Você não quer se sentar?'

'Passei o dia todo sentado.'

'Por que diabos você não me disse que era membro da Igreja New Light?'

Al-Abadi parecia chocado, então veio a rápida recuperação.

'Você não perguntou.'

'Você sabia que Wayne era um membro. Aquele Norton, o gordo, que o visitava também era membro.

Você sabe como diabos Wayne morreu e imagino que saiba onde e quando Norton morreu, certo?'

Al-Abadi enfiou a mão no bolso da frente de sua calça marrom, tirou um lenço branco, enxugou a testa e perguntou, 'Estou com problemas?'

'Não sei o que há com vocês, seus filhos da puta daquela igreja. Mas vocês só estão preocupados consigo mesmos, com a porra da sua espiritualidade. Fedorentos, cada um de vocês. Agora, vou perguntar mais uma vez. Você sabe onde e quando o Senhor Norton morreu?'

'Não.'

'Não, é isso.'

'Eu quero um advogado.'

Carter se levantou, caminhou direto para Al-Abadi e disse, 'Seu covarde de merda, idiota. Você conhece Sally Bois? Você ajudou a matar Wayne Hampton?'

'Eu quero um advogado.'

Cash deu um soco forte em seu estômago flácido, agarrou sua orelha, torceu-a e disse, 'Você conhecia Norton?'

Al-Abadi caiu de joelhos enquanto Thompson torcia cada vez mais a orelha.

'Jesus, isso dói, você está me machucando ah...'

'Você conhecia Norton?'

'Sim, sim, pare com isso.'

Thompson ajoelhou-se atrás dele, bateu-lhe nos rins algumas vezes, o grandalhão gemeu, as lágrimas vieram-lhe aos olhos. Thompson disse, 'Você ajudou a matar Wayne?'

'Não, não, eu nunca poderia fazer isso.'

'O que você poderia fazer? O que é que você fez?'

Thompson atingiu-o novamente nos rins, não

haveria sinal de sua brutalidade, agarrou o que restava do cabelo de Al-Abadi, puxou-o para trás e disse, 'Responda-me.'

'Eu conhecia Norton. Eu te falei isso. Nada mais. Nada mais.'

'Respire algumas vezes, Senhor Al-Abadi, então começamos de novo, mas pior, você me entende?'

'Eu... o que você quer saber. Por favor, não suporto essa violência, por favor.'

'Você foi ao Motel Carrington? Fazer sexo com meninos e meninas com seu amigo, Norton, e os outros comparsas da New Light?'

Al-Abadi hesitou, Thompson bateu nele novamente, agarrou sua orelha novamente,

'Aaaah, não, quero dizer sim, eu estava, eu fiz. Eu fiz.'

'Eles eram menores de idade?'

'Não sei. Sinceramente não sei. Eu estava chapado ou bêbado, eles eram jovens, mas não menores de idade. Eles sabiam o que estavam fazendo, não havia coerção de ninguém...'

Thompson bateu nele mais algumas vezes para se divertir. Esse idiota diz a ele o que aquelas pessoas sentiram ou sabiam, aqueles meninos ou meninas. Como diabos ele poderia saber o que eles sentiam?

'Levante. Fique em pé.'

Al-Abadi levantou-se. Virou a cabeça e disse, 'Quero um advogado. Eu sei que você é um policial honesto, então você sabe que eu deveria ter um que...'

'Cale a boca. Vire-se, com as mãos atrás das costas. Al-Abadi o fez. Thompson o algemou e disse, 'Vou levá-lo à delegacia de Kings Cross para acusá-lo. Você entende?'

'Sim.'

Thompson empurrou-o para a porta da frente, abriu a tranca com as chaves que estavam na fechadura, empurrou-o para fora. Al-Abadi disse, 'Preciso da minha carteira, minha...'

'Você não precisa de nada. Eu mesmo ligarei para Abbott para você.'

CAPÍTULO VINTE E DOIS

Sally Bois ligou para Billy Hassan.

'O nome da garota é Rhia.'

'Rhia?'

'Sim, você precisa de mais alguma coisa enquanto estou aqui?'

'Não, mas certifique-se de que ela saiba que não...'

'Ela sabe muito bem.'

'Ótimo trabalho.'

'Obrigada, Billy.'

'Dê um tempo agora, vá para casa, certifique-se de tomar cuidado com aquele cara que bateu em Zlatan. Estou tentando descobrir quem é pela placa e registro, pedindo favores. Nós vamos pegá-lo.'

'Traga-o, eu digo.'

'Tudo bem, Sally, vá para casa como eu disse, relaxe a menos que Abbott precise de você.'

Hassan desligou. Ele estava em seu pequeno escritório acima do clube de strip, olhando para o que ele chamava de Beco Lixo. Ele podia ver as pontas de seringas laranjas usadas entre cacos de vidro, papel higiênico, uma colher de sopa brilhando sob o sol quente.

Billy Hassan chamou Ivan, um de seus propagandistas, na rua, em frente ao clube.

Ele respondeu, 'Chefe.'

'Andrew, a que horas Milo está trabalhando?'

'Dez da noite.'

'Diga a ele para vir direto me ver no escritório quando chegar aqui.'

'Sim, chefe.'

Milo havia trabalhado em clubes, bares e clubes de strip-tease na suja meia milha por um quarto de século. Ele sabia e via tudo. Um viciado em heroína reformado, agora viciado em cigarro e grande bebedor que conhecia todas as garotas, todos os homens normais, que morreram, que sobreviveram, onde estavam agora, quanto tempo iriam durar. Ele viu isso na rua todas as noites e dias, mesmo quando ele estava na heroína, por vinte e cinco anos. Se alguém soubesse quem era Rhia, Milo saberia.

———

Don Talbot estava parado na recepção da Delegacia de Polícia de Kings Cross quando Thompson entrou com Al-Abadi. Ambos se conheciam por reputação e se encontraram uma vez em uma briga de policiais em um pub de Surry Hills. Talbot disse 'Cash Thompson.'

'Senhor Talbot, senhor.

'O que temos aqui?'

Thompson disse, 'Um certo Senhor Al-Abadi da famosa Igreja New Light. Um dos homens que usava o Carrington para encontros com jovens que, de acordo com o Senhor Al-Abadi, sabiam o que estavam fazendo e não estavam sob pressão para *atuar*, por assim dizer.'

Al-Abadi baixou a cabeça, mas ainda pensou que sairia dessa confusão. Abbott viria, advogados viriam, não havia nada de concreto. Thompson não tinha provas, ou teria jogado as cartas. Colocado todas para fora. Uma após a outra. A equipe do motel era o problema. Eles poderiam identificá-lo? Que idade tinham aquelas crianças e de onde vieram? Quem as havia fornecido, ele pensou e abaixou a cabeça um pouco, envergonhado de si mesmo pelo que havia feito.

Talbot disse, 'De que devo acusá-lo?'

'Coloque-o em uma cela. Vou pensar sobre isso, mas provavelmente obstruindo a justiça em relação ao assassinato de Wayne Hampton, pois ele reteve evidências e informações que poderiam levar a polícia a resolver o assassinato.'

Al-Abadi engasgou alto e disse 'merda' baixinho, então,

'Um advogado. Eu quero um advogado. Preciso que você ligue para o Senhor Abbott, ele vai me arranjar um advogado.'

'Venha por aqui,' Talbot disse quando ele contornou a mesa. Empurrou Al-Abadi gentilmente por trás, guiando-o por uma porta até uma cela com as mãos nas algemas em volta dos pulsos.

Thompson suspirou. Ele tinha o suficiente para acusá-lo. Ele o havia fotografado na Igreja ontem. Além disso, ele admitiu, embora sob coação, que sabia todo o jogo no Carrington. Ele manteria a boca fechada quando um advogado viesse, no entanto. Talvez Thompson e um promotor esperto fornecido por Steele pudessem convencê-lo a fazer um acordo, incriminar o verdadeiro problema em Abbott e todos os outros naquela merda de igrejinha deles.

Thompson sentou-se no saguão da delegacia, ligou para Steele e o informou. Steele dizendo no final.

'Tanto para suavemente, suavemente.'

'Isso nunca seria assim com este.'

'Tenho boas notícias,' disse Steele.

'Oh sim,'

'Os técnicos receberam as ligações do telefone de Norton.'

'O que? Porra.'

'Ele ligou três vezes para o mesmo número antes de morrer no motel às três da manhã.'

'Tem que ser a garota.'

'Aqui está o número.'

Steele leu para Thompson, que pegou um pequeno bloco de notas e anotou o número.

'Obrigado, Steele. É isso. Voltarei a falar com você quando houver mais. Coloque seu principal promotor em Al-Abadi. Acordo por Abbott, esse é o objetivo.'

Ele encerrou a conexão. Ajustou seu celular para que seu número aparecesse quando ligasse para Rhia. Ele não queria assustá-la escondendo isso. Ele digitou os números. Começou a tocar. Três, quatro vezes e assim por diante e tocou. Ele tentou de novo, três quatro, cinco vezes tocou e aí foi atendido.

'Alô.'

'Rhia?'

'Quem é?'

'Meu nome é Carter, lembra de mim?'

'Não, não, não? Não estou mais trabalhando, então você deveria perder meu número.'

'Eu esperava que pudéssemos nos encontrar.'

'Não. Eu não estou mais trabalhando. Meu número vai mudar amanhã, sinto muito.'

'Sou Carter Thompson. As pessoas me chamam de Cash, você se lembra de mim, não é, de um tempo atrás. Eu estava bebendo muito e você foi gentil comigo.'

'Desculpe. Vou ter que sair. Tchau.'

'Sou um investigador. Eu sei o que aconteceu no motel. Eu posso te ajudar Rhia, as pessoas virão atrás de você, você está com problemas. Grandes problemas. Eu posso ajudar.'

Silêncio.

Rhia estava no quintal do apartamento, fumando, ela mordeu o lábio. Ela se lembrou dele. Ela sabia que ele havia mudado sua vida. Ela meio que o acompanhou sem que ele soubesse. Não havia muitos policiais aborígines por aí e ele havia contado a ela muitas coisas, muitas coisas.

'Rhia?'

'Eu sei quem você é. Eu lembro. Tenho acompanhado você.'

'Como?'

'Você teve alguns casos importantes no jornal, na TV e outras coisas.'

'Você precisa me deixar ajudá-la.'

'Não posso, desculpe. Isso tudo vai acabar amanhã, de qualquer maneira. Novo número de celular, nova vida.'

'Eu posso te ajudar, tenha certeza...'

'Certeza de quê? Acabo no jornal, no noticiário, a prostituta que estava na cama com aquele homem quando ele morreu. Todas as coisas que aconteceram naquele motel.'

'Você sabe disso?'
'Claro, você acha que eu sou estúpida.'
'Diga-me onde você está. Eu posso ajudar...'
A chamada terminou.

'Você sabe disso?'
'Claro, você acha que eu sou estúpida.'
'Diga-me onde você está. Eu posso ajudar...'
A chamada terminou.

CAPÍTULO VINTE E TRÊS

Carter Thompson abriu a porta da frente de seu apartamento em Bondi.

Cansado.

Precisando dormir.

Eram 22h.

———

Milo estava chegando para o turno da noite, se divertindo no clube de strip.

———

Ari estava dirigindo um carro diferente. Um BMW azul que parecia em casa na área, estacionado a cerca de trezentos metros da casa de Bois em North Bondi. Ele usava um boné alegre, sentava-se baixo no assento. Uma noite úmida de segunda-feira no subúrbio, mas se Bois estava saindo, ela tinha que passar por ele.

Rhia e Salem estavam bebendo cerveja gelada na mesa da cozinha. Molly e Jim Wenders estavam assistindo a um DVD de Rio Bravo sentados no sofá. Molly ainda não tinha adormecido. Jim estava explicando coisas para ela sobre o filme, por que ele gostou tanto.

———

Thompson achou que deveria ligar para sua esposa e filha, mas não o fez. Ele foi até o armário, pegou a lata de café. Passou pela rotina de pegar o saco de droga, traçou três linhas, fez rápido. Ele ligou para Aimee. Combinou de buscá-la em sua casa em Newtown.

Desceu até o carro, deu a partida, olhou em volta em busca de pessoas que o estivessem seguindo, mas não viu nada. Dirigiu até a Estrada Old South Head, virou à esquerda nela, continuou olhando no retrovisor. Ele sabia que Zlatan não voltaria sozinho depois da surra que levou de Ari, mas Billy Hassan estava ligado a isso, então pode haver mais por vir. Não havia ninguém agora. Chegou na Rua Oxford a tempo, pensou na conversa que tivera com Rhia antes. Ela estava fugindo. Mas como e quando? Ela estava com medo, mas também tinha um plano. Ela estava sozinha? Ele ligou para Talbot na delegacia de polícia de Kings Cross esperando que ele ainda estivesse lá. Ele estava.

'O que posso fazer por você, Cash?'

'Uma garota chamada Rhia estava no quarto do motel com Norton. Você já ouviu falar de uma garota trabalhadora com esse nome? Você se lembra de ela ter sido acusada? Ela é uma trabalhadora do sexo, provavelmente anuncia nas revistas de sempre, talvez consiga um cara ocasional na rua.'

'Eu não a conheço. Mas vou verificar com os caras do uniforme. Tem um cara chamado Matt Taylor que trabalha nesta delegacia há dez ou quinze anos, nada ambicioso, por isso ainda está de uniforme, mas tem boas relações na rua com os pervertidos e cabeças de merda que andam por aqui.'

'Isso seria bom.'

'Seu homem ainda está em uma cela. Abbott está vindo, mas ainda não.'

'Obrigado, deixe-me saber o que Abbott diz. São dois de seus caras em dois dias. Ele vai ficar puto, mas essa é a ideia geral.'

'Vou fazer.'

'Até mais, Talbot.'

CAPÍTULO VINTE E QUATRO

Milo estava do lado de fora da porta de aço em frente ao escritório de Billy Hassan. Sabendo que seu chefe observava todos que chegavam ou passavam por sua porta pelo circuito interno de TV. Alguns minutos se passaram. Ele esperou pacientemente, renunciando ao cigarro que queria. Seu rosto era marcado pela varíola, envelhecido pelo fumo, com linhas profundas como o ex-primeiro-ministro de Victoria, Jeff Kennett. Ele usava calças pretas, uma camisa de manga longa. Não muito diferente dos garçons veteranos de trinta anos do famoso Bourbon and Beefsteak Bar, que ficava na esquina da Darlinghurst com a MacLeay, em frente à fonte. Só que ele oferecia sexo e vício em todas as várias e amplas definições que habitavam um clube de strip-tease na suja meia milha. Um mestre em arrastar o grupo noturno de fanfarrões para o clube de strip. *A primeira bebida grátis, pessoal*, era o incentivo. Só que não incluía a prateleira de cima e era cerveja aguada das torneiras imundas e cada bebida depois disso era tão cara que mandaria um país do terceiro mundo à falência. Mas uma vez que eles estavam dentro, eles estavam dentro.

A porta se abriu. Hassan disse, 'Entre, Milo.'

Deu-lhe um abraço de urso quando ele estava dentro, devolvido por Milo, Hassan esfregou suas costas e disse, 'Meu amigo, meu amigo.'

Milo tossiu. Hassan contornou sua mesa, encontrou a cadeira confortável e disse, 'Sente-se, sente-se.'

Milo sentou-se. Hassan sorriu para ele e disse, 'Você conhece uma garota chamada Rhia? Uma profissional do sexo. Talvez da rua. Talvez uma acompanhante.'

'Rhia, sim. Conheço.'

Hassan riu e disse, 'Meu amigo, seu conhecimento é um presente.'

'Eu não sei sobre essa merda, mas eu me lembro dela. Ela trabalhou na rua, mas não por muito tempo. Ela conheceu um cara, o nome dele, o nome dele, merda. Ele era um trapaceiro, sim, hum.'

Então Milo coçou a cabeça. 'Não, não é assim que eles os chamam.' Ele olhou para seu chefe. 'Um pirata de computador?'

'Um hacker.'

'Sim, porra, sim, um hacker, ele passou algum tempo guardado. Ouvi dizer que ele não gostou muito, encheu os nervos mas, merda, faz tempo que não ouço falar da Rhia. Eu a conheço porque ela me disse que se eu encontrasse travessuras para ela, ela me daria uma comissão. Eu fiz alguns. Ela me fez prometer nada de viciados, nada de homens selvagens, de velhos ela gostava, quanto mais suave, melhor. Você conhece o tipo, entrando e saindo dos clubes sozinho.'

'E agora?'

'Como eu disse, chefe. Não sei. Faz muito tempo. Eu sei que ela gostava de uma fatia na pizzaria perto do ponto de táxi. Não sei. Deixe-me perguntar por aí. Posso encontrá-la com certeza. Tem alguma...'

'Você a encontre, Milo. Você consiga um endereço ou um celular. Se você a encontrar, vai ganhar muito dinheiro para gastar nas férias em Surfer's Paradise.'

'Vou encontra-la, chefe. Não eu, pessoalmente, você entende. Talvez eu tenha que gastar algum dinheiro, você está me seguindo, chefe?'

'Quanto?'

'Quinhentos, seiscentos, eu acho.'

Hassan abriu a primeira gaveta da escrivaninha, enfiou a mão e tirou um envelope. Contou trezentos. Guardou o envelope.

'Tem trezentos aí. Preciso saber no minuto, no segundo em que você descobrir, você me entende?'

'Sim, chefe.'

'Mais uma coisa. O gerente de plantão daquele buraco de merda do outro lado da rua, o Carrington, foi de onde tirei o nome dela de uma forma indireta. Mas os policiais o conhecem agora. Já houve algumas prisões, você não pode ir armado, a polícia tem um policial disfarçado lá agora. Talvez você possa bater um papo com ele quando ele fumar um cigarro ou sair para casa. Há calor nele agora. Forte calor.'

'Entendi, chefe. Entendi.'

———

Thompson ligou para Aimee do carro, ela desceu vestida com uma saia preta justa que abraçava sua figura, sua bunda para ser preciso, abraçando suas coxas. Mas ela se movia livremente, era confortável também. Ela usava botas pretas com fivelas prateadas que iam até o meio da panturrilha, uma camisa social branca com botões pretos no meio. Seu cabelo estava liso e molhado. Seus olhos de gato brilhavam. Ele estava apaixonado por ela naquele instante enquanto ela descia o último degrau da escada do apartamento para a calçada parecendo uma modelo. Ele desejou ter tirado uma foto dela. Ela abriu a porta do carro, entrou e disse, 'Que cavalheiro você é?'

'Mas é mais fácil e...'

'Relaxe, Cash.'

'Talvez eu vá. Você está maravilhosa.'

'É o que todos dizem,' disse ela, rindo, inclinando-se e beijando-o no rosto.

Ele sorriu para ela e disse, 'Acho que te amo.'

'Cash, não diga isso. Não, a menos que você fale sério.'

'Hmm, você ainda parece ótima, no entanto.'

'Obrigada, bebê. Fiz algumas fotos hoje para minha estreia no Instagram.'

'Você estava falando sério?'

'Sim.'

'Como funciona? Quanto você tira?'

Ela riu,

'Homens, é disso que se trata. É por isso que vou ganhar dinheiro.'

Ele encolheu os ombros. Ele não entendeu se ela estava falando sério ou não, mas a anfetamina fazia com que ele não desse a mínima. Ele queria apenas estar com ela e disse, 'O que você quer fazer?'

'Ir a um bom bar.'

'Há um bar de coquetéis na Rua Victoria. No último andar do Hotel Top of the Town. Você pode ver a cidade inteira, o porto, tudo. Costumava ser um restaurante japonês.'

'Estou dentro.'

'Ótimo, eles têm estacionamento embaixo.'

'Como está seu último caso?'

'Você não quer saber.'

'O que? Por quê?'

'Eu contei sobre o cara que morreu no motel.'

'Sim.'

'Ele trabalhava para a Igreja New Light e...'

'Oh, eu ouvi falar deles, eles são enormes. Eles têm tudo...'

'Aimee, deixe-me ser claro. Eles são canalhas. O pior tipo de pessoa que você conheceria.'

'Oh.'

Alimentado pela droga, ele contou tudo a ela. Todos os pequenos detalhes sujos, no carro, no elevador, em um canto tranquilo do bar onde eles podiam ver todas as luzes da cidade brilhando para eles. Ele contou tudo sobre a New Light. Tudo sobre o caso. Contou-lhe tudo sobre os outros casos em que tinha trabalhado. Aimee sentou-se, ouviu, bebeu coquetel após coquetel. Ela estava fascinada e enojada em igual medida. Ele disse a ela que ela não podia contar a ninguém sobre todas essas coisas. Ela assentiu com a cabeça, ouvindo enquanto ele falava até altas horas do dia seguinte.

No elevador descendo para o estacionamento, Cash se virou, segurou o rosto dela, beijou-a apaixonadamente, ela retribuiu o beijo com força, cheia de desejo, ele se abaixou e puxou a saia dela para cima, cada vez mais alto. Colocou a mão sobre a calcinha dela, deixou-a lá por um tempo enquanto o elevador descia, nono andar, então deslizou a mão para dentro, sentiu sua umidade escorregadia, encontrou seu clitóris, esfregou-o em pequenos círculos enquanto ela segurava seus ombros com mais e mais força. Desceram do nove para o oito. As portas se abriram. Ele congelou por um momento. Por cima do ombro, ela viu um casal de meia-idade parado ali, ela riu, ele virou a cabeça, o casal recuou, as portas se fecharam, os dois riram. Ele pôs o dedo no botão de novo, ela suspirou, pequenos círculos, a cabeça leve. Até sete, seis. Com a mão livre, ele puxou a calcinha dela para baixo da bunda, apertando-a com força enquanto brincava com ela. Sua respiração tornou-se rápida. Eles estavam no quatro, três, dois, térreo. Ela o segurou com força, então o elevador parou no porão, ela disse em um sussurro,

'Não pare, continue, continue.'

Ele fez. Ele beijou seu rosto, sua boca. Ela respirou mais rápido, mais rápido, agarrou seu pênis através de suas calças. Ele continuou a tocá-la lentamente, habilmente, ela mordeu seu ombro enquanto ele o fazia, segurando seu pênis duro. Ele continuou movendo o dedo sobre e ao redor de seu clitóris, ela abriu mais as pernas, ela agarrou o cinto dele, a calça dele caiu no chão, ela sentiu o pau dele através da cueca, puxou-o para fora. Ela se recostou. Ele entrou nela lentamente, ainda, com o dedo trabalhando lentamente em círculos, ela respirava cada vez mais forte, ele começou a acariciar seu pênis dentro e fora dela. Ela o segurou com mais força, gozou forte, gemendo alto. Ele continuou indo cada vez mais rápido, ela agarrou seus ombros com força, ele gozou, escorregou ao mesmo tempo. Ambos desabaram no chão do elevador, roupas tortas, fartos, rindo um do outro.

Ambos pararam. Seguraram um ao outro por alguns minutos ou mais.

Ela disse a ele, 'Jesus, isso foi bom.'

'Apenas bom?'

Ela riu.

'Vamos para casa,' disse ele.

CAPÍTULO VINTE E CINCO

Na noite de segunda-feira, Milo convocou seus suspeitos de sempre, mas não descobriu nada sobre Rhia, a não ser que ela foi vista sentada no degrau de uma pizzaria perto do ponto de táxi comendo uma fatia, talvez na última quinta ou sexta-feira. Que ela saiu andando depois em direção ao hospital.

O gerente de plantão não estava trabalhando e, como disse Hassan, não era seguro fazer perguntas agora. Ele acendeu um cigarro, parado na porta da frente do clube de strip às 6 da manhã, não feliz por não tê-la encontrado. A rua lá fora estava suja, quase nenhum carro ou moto passava. Estava quente demais, ainda vinte e oito graus Celsius, e ele queria ir para casa. Ele não conseguia lembrar o nome do namorado de Rhia, mas viria a ele. Ele enfiou a cabeça na rua quando um cara gay que trabalhava na boate passou. Milo sorriu e disse, 'Ei, Mike, Mike.'

'Sim, ei, Milo, estou indo para casa.'

'Você está trabalhando no Pink Pussy na rua?'

'Yeah, yeah.'

'Como tá indo?'

'O mesmo de sempre. Eu sou um cara gay se apresentando com garotas heterossexuais em um clube de striptease.'

Ele era um cara tranquilo, Mike. Ele tinha limpado seu ato. Ele era um cara forte agora. Ele tinha sido um drogado da pior espécie, mas encontrou Deus. Agora, ele nunca bebia, nunca usava drogas, ninguém o via muito fora do trabalho, exceto indo e vindo, mas ele era amigável e educado com todos. As pessoas gostavam dele e ele, como Milo, conhecia todo mundo. Ninguém sabia por que ele continuava a fazer o que fazia. Mike fazia. Era uma forma de penitência. Ele tinha que pagar por sua vida passada. De qualquer forma, ele não conseguiria um emprego em lugar algum, não com seu passado e seu histórico de trabalho.

'Ei, Mike, você se lembra de uma garota de rua por aqui, não trabalhou muito na rua, ela conheceu um cara.'

'O nome dela, Milo, o nome dela?'

'Nome incomum, Rhia.'

Mike sorriu,

'Sim claro. Eu me lembro dela, ela era muito doce. Eu a vejo por aqui e por ali. Ela mora perto de mim, eu acho.'

'Você sabe exatamente onde ela mora?'

'Não. Eu a vejo nas lojas ou levando a filha para a escola.'

'Ela tem uma filha?'

'Sim.'

'Você se lembra do nome do namorado dela?'

'Sim, Salem, eu acho.'

'Você acha?'

Mike começou a ficar chateado. Ele gostava de Rhia, ela era legal, a criança era bonita. Ela havia mudado a si mesma, tudo bem. Ele disse, 'O que há com o interrogatório, Milo? Ela é uma boa pessoa, Rhia. Deixa a em paz. Não a traga de volta ao nível da rua.'

'Calma, Mike. Estou curioso, só isso. A filha dela, ela...'

Mas Mike abaixou a cabeça e continuou andando. Algo não estava certo sobre isso, mas Milo tinha mais informações agora.

Ele ligou para Hassan, 'Milo, sim. O que é?'

'Rhia tem uma filha e ela mora em Darlinghurst. Não deve haver tantas escolas primárias naquele subúrbio, às vezes ela a leva para a escola.'

'Como você descobriu isso?'

'Você se lembra do Mike, o drogado que trabalhava aqui?'

'Sim.'

'Tive uma conversa rápida com ele agora, mas ele sabia que algo estava errado. Ele gosta da Rhia por algum motivo, mas acho que ele não a conhece para falar muito, só a vê por aí. Mas ele disse que o nome do namorado é Salem.'

'Bom trabalho, mas eu preciso que você fique um pouco mais. Preciso que vá ver se ela leva a filha à escola. Saiba como ela é, conheça o namorado também.'

'Posso dormir algumas horas lá atrás, se estiver tudo bem, tomar um banho e depois ver se consigo encontrá-la. Talvez você possa goog...'

'Vou encontrar as escolas na área. Comece pela mais próxima. Leve Antony com você. Descreva a garota para ele. Deixe-o ir a pé. Você pega seu carro, vai de escola em escola, dando voltas e mais voltas. Cuidado com o cara também. Você pegou o nome dele com Mike?'

'Sim, Salem.'

'Você diz que ele cumpriu pena em uma prisão-fazenda?'

'Sim.'

'Conheço pessoas nessas prisões. Elas conhecem os guardas, vamos encontrá-lo.'

———

Rhia e Molly saíram de casa às 9h, pois Milo e Antony estavam desistindo, indo para casa. Caminharam com duas malas sobre rodas até a estação de Kings Cross, pegaram o trem para Town Hall, mudaram para a linha Parramatta e desceram em Parramatta. Foram ao banco. Ela sacou 15 mil em dinheiro com seu novo nome, Miranda O'Donnell. Não teve problemas no caixa. Pegou um táxi para o estacionamento. Os vendedores foram informados por Rhia de que elas estavam vindo, mas ainda assim ficaram um pouco surpresos quando elas apareceram. Um deles as levou através de toda a besteira. Que bom negócio ele estava dando a elas. Ela optou por um Hyundai I20 em vez do Mazda 3. Era mais barato, mas mais novo, com menos KMs. O vendedor ficou ainda mais feliz quando ela pagou 8 mil à vista.

Molly estava animada para entrar no carro novo. Ela quase nunca tinha visto sua mãe dirigir, exceto uma vez, quando alugaram um carro para ir para a Costa Central para umas férias curtas. Ela brincou com o rádio, procurando uma boa estação. Encontrou uma estação de música FM genérica que tocava grandes sucessos. Rhia estava feliz. Ela gostava de dirigir. Ela adorou a ideia de nunca mais fazer trabalho sexual. Ela também estava assustada, apreensiva com o futuro por causa das pessoas que poderiam estar vindo atrás dela. Aquele policial Carter era legal, um cara decente, mas ela não sabia aonde isso iria levar. Ela não poderia ir para a cadeia; não podia deixar Salem voltar. Ele não sobreviveria, não de novo.

———

Salem caminhou até a mercearia asiática local, comprou macarrão de dois minutos, um pouco de molho de pimenta doce. Sua comida de conforto. Em casa, começou a limpar o local. O proprietário tinha sido bom sobre eles indo embora. Não havia contrato de arrendamento, mas havia um vínculo. Eles nunca faltaram ao aluguel, sempre pagaram em dia. Rhia sempre teve medo de ser despejada por causa do que havia acontecido com ela e sua mãe. Ela nunca deixaria isso acontecer com Molly. Ele era um pouco louco por limpeza também. O oposto de Rhia e Molly, que deixavam um rastro de destruição atrás delas. Ele sentiria falta de Jim Wenders. Um adorável velho mal-humorado. Ele tinha visto uma lágrima nos olhos do velho quando teve que se despedir de Molly e Rhia. Salem sabia que ele ficaria bem. Ele era um velho durão, mas agora também podia estar sozinho.

———

Billy Hasan dormiu em seu escritório por quatro horas. Ele tinha um sofá dobrável que se transformava em uma cama confortável. Ele tomou banho e estava em sua mesa às duas da tarde. Ele começou a fazer telefonemas para ex-presidiários que estiveram em prisões-fazenda. Havia três fazendas espalhadas pelo estado

CAPÍTULO VINTE E SEIS

1OH EM NEWTOWN, CASA DE AIMEE. CASH Thompson pegou o celular, que estava no chão ao lado do colchão da cama de casal, e atendeu.

'Sim.'

'Aqui é Tony Wu do The Star.'

'O que você quer?'

'Você está trabalhando no caso Norton, Wayne Hampton?'

'Eles estão conectados, não é?'

'Não tenho tempo para dançar, Thompson. Você sabia que hoje Abbott está anunciando seus três candidatos para as eleições de meio mandato do Senado?'

'Não. Eu... continue.'

'Você ouviu falar sobre o equilíbrio de poder?'

'Prossiga.'

'Esses três candidatos se levantam, eles podem estar decidindo o destino da nação em tudo, desde trabalhadores imigrantes até o capitão da equipe de teste, entendeu?'

'Ouça, Wu. Não tenho uma história para você,

ainda não, mas terei. Tenha paciência, está chegando. Escreva o que quiser sobre mim, mas Abbott e sua espécie são...'

'Eu sei o que eles são. Preciso provar isso.'

'Tudo bem, como eu disse, seja paciente.'

'Se você diz.'

Thompson encerrou a ligação. Ele estava chateado consigo mesmo por dormir até tarde. Ele tinha merda para fazer. Ele tentou priorizar em sua mente o plano para o dia. Não poderia. Aimee não estava na cama. Ele a ouviu na cozinha. Levantou-se, vestiu a cueca, foi vê-la. Ela sorriu quando ele entrou na cozinha com o peito nu e disse, 'Olá, amor.'

'Café?'

'Forte com leite, certo?'

'Você poderia ter sido garçonete.'

'Engraçado isso.'

'Vou tomar um banho.'

Ele se virou para sair da cozinha, ela colocou os braços em volta dele, abraçou-o com força, ele se afrouxou em seus braços, ela o virou, beijou-o, encostou-o na parede. Eles se beijaram. Ela enfiou as duas mãos na cueca dele, deslizou-a para baixo, continuou beijando-o devagar, suavemente, ele gostou, sorriu na cabeça dele, ela se abaixou, beijou o peito dele, lentamente se ajoelhou, beijou a barriga dele, olhou para ele, ele suspirou.

———

Ele estava em casa agora. Como ele poderia encontrar Rhia? Ele ligou para Jill Anderson no conselho.

'Não é minha pessoa favorita, Senhor Thompson.'

'Eu obtenho resultados, Jill. Eu tive que impedir que outra pessoa visse isso...'

'O que posso fazer para você?'

'É possível encontrar alguém nos registros do conselho apenas com o primeiro nome?'

'Não.'

'Ao ponto.'

'Questão simples.'

'Tchau, Senhor Thompson.'

Ele ligou para o Wentworth Courier, falou com uma funcionária facilmente impressionável chamada Anna. Explicou quem era, o que queria, que era informação sobre um anúncio de trabalhadora do sexo, alguém que usava o nome Rhia. A funcionária procurou, mas não encontrou ninguém. Ela não usaria seu nome verdadeiro no anúncio. Ele agradeceu, então teve uma ideia. Desceu até seu carro. Dirigiu até a biblioteca em Bondi Junction.

Ele foi para as prateleiras de revistas. Encontrou uma prateleira que guardava os exemplares das últimas semanas. O jornal era enorme para a venda de imóveis, então não era incomum que cópias anteriores estivessem lá. Ele olhou através deles, às vezes eles tinham fotos, às vezes não. Ele não conseguiu encontrar ninguém que parecesse ser Rhia. Não conseguiu encontrar o número do celular dela nas primeiras vezes que olhou. Então ele encontrou. O mesmo número para o qual Norton ligou. Aquele que ele encontrou com os caras da tecnologia.

Ele ligou de novo para Anna no Wentworth Courier, deu-lhe o número, ela procurou. Havia um número de cartão de crédito. Ela leu para Thompson. Mas não havia endereço. Apenas o número do celular e o cartão de crédito. Ele ligou para Steele, agora empolgado, ele estava perto. Steele entraria em contato com o banco. Ele conseguiria o endereço. Ele estava perto, muito perto agora.

CAPÍTULO VINTE E SETE

Hassan descobriu que Salem esteve na prisão-fazenda perto de Wollongong. Quando ele saiu. Quem era o agente da condicional? Um cara chamado Peter Ditko. Ele não conhecia o cara da condicional. Não tinha conexão para chegar até ele, afinal. Mas ele tinha contatos na polícia que poderiam encontrá-lo. Ele ligou para essas pessoas e descobriu que um detetive chamado Cossack poderia ajudá-lo. Ele ligou para Cossack, que disse que precisaria de um favor.

'Que tipo de favor?'

'Eu bebo quase todas as noites, por volta das 18 horas no Hotel Courthouse em Taylor Square, sabia?'

'Sim.'

'Vou ter o endereço desse cara. Você me encontra lá. Pague-me algumas bebidas, traga um jornal. Eu leio *The Star*. Coloque um pouco de peixe e batatas fritas nele. Entregue. Você obterá as informações.'

'Quanto custa o peixe com batatas fritas hoje em dia?'

'Quatro dígitos, com certeza.'

'Que horas? Como vou reconhecê-lo?'

'Jaqueta de couro preta, camisa vermelha. 18h.'

Hassan disse.

'Não serei eu. Sally Bois irá encontrá-lo.'

'Bom saber.'

———

Abbott estava ao microfone naquele centro de entretenimento especialmente construído para ele em Bondi Junction. O lugar estava cheio dos tipos habituais de congregação, mas também havia uma grande presença da mídia. As pessoas entendiam a equação do poder aqui. Abbott já havia apresentado Sheila Watson e Bruce Jamieson. Watson era uma mulher de negócios. No conselho de um dos quatro grandes bancos, também um clube da Liga de Rugby, muitas instituições de caridade. Loira, teutônica, cheia de energia. Jamieson era um tipo trabalhador amável, tapinhas nas costas para os companheiros, todo mundo era seu companheiro, *posso ajudá-lo com isso companheiro*, era seu cartão de visita, homem ou mulher. Fez 'algo' em finanças, comprou e vendeu prédios e pessoas, e assim por diante. Ótimo rapaz. Dava bons discursos. Apertava muitas mãos. Não representava nada, exceto seu próprio interesse e agora o de Abbott. Você beija minha bunda; Eu vou beijar a sua.

Tony Wu estava na segunda fila. Ele pediu um ingresso e conseguiu este assento. Abbott esperava que ele pudesse ver a luz, escrever coisas positivas sobre esse pequeno baile dele com quinhentos' ou seiscentos parasitas lambendo e bajulando quem quer que conhecessem ou apertassem a mão. Abbott estava apresentando o terceiro e último candidato.

'Amigos e outros,' Abbott ergueu uma sobrancelha vista grande na tela grande (uma risada gentil ao redor da sala). 'O próximo e último candidato a nosso cargo nas eleições de meio mandato do Senado é um homem preparado para fazer qualquer coisa para a glória de Deus. Ele provou isso uma e outra vez. Ele foi uma sensação nos campos esportivos deste país. Agora um sucesso fora do campo com sua enorme empresa de serviços financeiros *Tijolos e Cimento*. Você quer que algo seja feito. Bobby Hughes faz isso. Você quer contornar toda aquela papelada burocrática, Bobby Hughes pode fazer isso. Ele passava pelas defesas no campo de futebol, agora passa pela vida, criando empregos, infraestrutura, rodovias, carros elétricos, assessoria financeira para pequenos e grandes negócios. Senhoras e senhores, amigos, apresento a vocês o ex-astro de East Sydney, Bobby Hughes.'

Aplausos entusiasmados das pessoas nos assentos baratos e caros. Wu ficou maravilhado com a paixão, a alegria das pessoas. Esta é realmente uma experiência religiosa para algumas dessas pessoas. Levantando-se de seus assentos agora, batendo palmas ruidosamente. Bobby Hughes entra no palco, bonito, encorpado, cabelo castanho ondulado, terno preto, gravata vermelha, costas retas, radiante, balançando as mãos no ar. Abbott, o homem menor, pega a mão direita de seu candidato, levanta-a no ar, a multidão bate palmas cada vez mais alto. Hughes faz uma reverência e aperta vigorosamente a mão de Abbott, indo até o microfone.

———

Bois foi ao galpão do jardim para pegar algo de que precisava, entrou no carro, ligou a ignição e saiu do estacionamento subterrâneo. Seguiu na direção da Estrada Old South Head. Ari espera, observa-a passar, demora a segui-la. Quando chegam à Syd Enfield Drive, ele está cinco ou seis carros atrás dela. Ela ouve um pouco de rock suave da Igreja New Light, canta baixinho, ela tem um trabalho a fazer aqui. Ela está se concentrando no que vai fazer. Se ela acertar essa parte, Thompson não terá um caso. Vai acabar. Ela tem três partes para este trabalho. Ela para em um Seven-Eleven na Rua Oxford em Paddington, compra um exemplar do The Star.

Ela estaciona na Rua Denham tira do porta-luvas um envelope com dois mil dólares, coloca dentro do jornal, sai. Sente o calor da tarde nas costas. Ela usa jeans CK pretos, uma camiseta preta, Docs pretos nos pés. Caminha em direção ao Hotel Courthouse. Este detetive. Esse policial que deveria estar nos protegendo, ela pensa, está vendendo informações para quem pagar mais, mas, neste caso, é por uma boa causa, a causa certa, a Igreja, então ela o perdoa antes de se encontrarem.

Ari a segue a pé, mas não entra no hotel. Ele se senta na frente em um banco esperando por ela. O boné bem apertado sobre a cabeça calva. Vestindo jeans largos, uma camiseta azul escuro esvoaçante. Está mais uma vez cheio de vapor, nuvens escuras estão se formando, os sinais de alerta de uma tempestade no ar.

Bois vê a jaqueta de couro preta, camisa vermelha, encostada no bar, um pé no corrimão que contorna o fundo do balcão. O Hotel Courthouse era um daqueles lugares onde cada seção da sociedade, qualquer que fosse o tipo de pessoa, podia beber e não se preocupar em se encaixar. Todo mundo vinha aqui. Ela tinha o jornal na mão direita. Sentou-se e disse, 'Sou Bois.'

'Sou Dick Tracy.'

'Oi, Dick.'

'Cerveja?'

'Sim, uma taça de New.'

Ele acenou para o barman que veio,

'Duas taças de New.'

'Aqui está o jornal que você queria.'

Pegou-o com cuidado, dobrou-o e guardou-o no bolso interno de sua brilhante jaqueta de couro preto. Ele parecia algo saído de *Os Amigos de Eddie Coyle*. Esse era exatamente o visual que ele estava procurando.

'Obrigado, Bois. Seu chefe gosta muito desse cara.'

'Cuide da sua vida sobre o que meu chefe quer.'

'Touché, Senhorita Bois. Este é o endereço.'

Ele lentamente disse a ela qual era, repetiu mais uma vez, lentamente então disse, 'Agora, por que você não bebe sua cerveja e dá o fora daqui?'

Sentaram-se ali, lado a lado, sem falar, detestando-se até acabarem as cervejas e depois que Bois saiu, o detetive ficou, comprou outra cerveja.

Ari a observou sair, esperou.

Ela entrou no carro, ligou para Billy Hassan, deu-lhe o endereço, ele agradeceu e disse, 'Continue. Faça isso com rapidez e eficiência.'

Ela ligou para Abbott, contou a ele o que estava acontecendo. Ele ainda estava na função e disse, 'Senhorita Bois, obrigado pela ligação. Mantenha-me informado até o final.'

CAPÍTULO VINTE E OITO

Ela dirigiu até o endereço que o detetive lhe dera. Tirou as tesouras de podar que ela havia ido buscar no galpão do jardim. Enfiou a mão no porta-luvas, retirou clorofórmio em uma garrafa escura, um lenço. Colocou as tesouras de podar no bolso de trás. Colocou luvas de couro pretas. Caminhou até o pequeno portão na frente do bloco de apartamentos onde Salem e Rhia moravam. Abriu. Caminhou até a porta da frente, tocou a campainha. Salem a observava em seu pequeno laptop, no CFTV. Ele havia instalado na porta da frente alguns dias atrás. Ele não a conhecia. Não ia abrir a porta para ninguém. Mas deu um frio na espinha. Essa pessoa ele não conhecia. A aparência militar dela. Ele colocou fones de ouvido, ouviu alguma música favorita, sentou-se na cozinha, checou novamente, ela foi embora. Ele deu um suspiro de alívio, continuou ouvindo a música na cozinha.

Ari estava assistindo de seu carro.

Bois deu a volta por trás, encontrou a calçada. Sabia que ela poderia entrar pela calçada dos fundos no jardim subindo os degraus. Ela tinha uma chave mestra eletrônica, semelhante à que Thompson usara para entrar em Leichhardt, na casa de Wayne Hampton. Thompson estava em casa, esperando um telefonema de Steele. Bois abriu o portão e silenciosamente entrou no quintal. Rhia estava no carro, dirigindo para Albury, onde havia reservado um pequeno apartamento com jardim no Airbnb. Ela estaria lá em meia hora, ligaria para Salem quando chegasse. Certificaria-se de que tudo estava bem. Bois sentiu o celular zumbindo no bolso da calça jeans, virou-se rapidamente e saiu pelo portão.

Abbott estava do outro lado do celular.

'Sally, o dinheiro sumiu. O hacker deve ter o USB. Muito dinheiro se foi." Ele parecia chateado, angustiado. 'A Senhora Norton me ligou mais cedo. Você tem outro trabalho agora, recupere aquele USB, encontre a garota, depois Les Connor, estamos limpando tudo hoje, para a Igreja, para nossa congregação, para nossos candidatos.'

Isso agitou Bois, em pé na calçada de trás. Isso a concentrou ainda mais. Ela disse, 'Acho que Billy Hassan também pode ser um problema. Ele supriu alguns de seu povo com rapazes e moças, talvez menores de idade, talvez não. Eu sabia que ele estava lavando dinheiro para você, mas...'

'Você acha que ele se voltaria contra mim? Contra nos?'

'Não tenho certeza, mas duvido que ele queira cumprir pena na prisão. Se Thompson conseguir encontrar os jovens ou a equipe do Carrington, testemunhe, mesmo que apenas um deles. Pode ser problema, o que parece que pode acontecer, com a polícia disfarçada lá agora. Algo para pensar a respeito.'

'Obrigado, Sally. Agora, de volta ao trabalho. Deus precisa de você; ele precisa que isso seja feito.'

'Seja feita a Sua vontade,' disse ela.

Abbott desligou.

Ela tinha o spray de clorofórmio com ela. Ela o segurou com uma das mãos enquanto voltava pelo portão, caminhando lenta e suavemente pelo gramado. Havia um apartamento no térreo que compartilhava o quintal, ela não viu nenhum movimento nas venezianas, não ouviu nada. Ela subiu os degraus dos fundos. Olhou para dentro, não viu ninguém, mas a TV estava ligada. Ela colocou a ferramenta para trabalhar. Funcionou rapidamente, silenciosamente, ela entrou pela porta dos fundos, caminhou lentamente até a sala. Viu Salem acenando com a cabeça ao som da música, com os fones de ouvido. Bois entrou rapidamente na cozinha, Salem olhou para cima, ela correu para ele, ele estava desprevenido, ela o segurou, colocou o lenço sobre sua boca como havia feito com Wayne Hampton, segurou-o lá até que ele ficasse mole.

Ela o amarrou na cadeira acolchoada da cozinha e esperou dez minutos. Ari estava do lado de fora, tentando descobrir como entrar. Salem voltou lentamente. Seus olhos se ajustando à luz, ele tinha uma mordaça na boca. Ela esperou mais cinco minutos até que ele percebesse sua situação. Ari estava na porta dos fundos, tentando a fechadura, estava aberta. Ele lentamente girou a maçaneta de metal. Abriu caminho para dentro.

Bois pegou a mordaça e disse a Salem.

'Eu sou da Igreja New Light, você sabe o que isso significa, não sabe?'

Salem processou, pensou no cara que foi

crucificado, acenou com a cabeça e disse, 'Rhia se foi. O USB sumiu.'

Ari ouviu-o dizer isso e entrou lentamente na sala.

Bois tirou a tesoura do bolso de trás e disse, 'Quantos dedos você quer perder?'

Salem gritou no topo de sua voz,

'Jim! Jim!'

Isso chocou Bois. Ela não sabia quem diabos Jim era. Ela pensou que Salem ficaria muito grogue. Ela colocou a mão enluvada sobre a boca dele, torceu o pescoço dele, sussurrou em seu ouvido,

'Cale-a-porra-da-boca-agora. Falo sério.'

Jim Wenders estava fazendo sua compra semanal na Woolworths em Kings Cross.

Ari entrou na sala, correndo a todo vapor para Bois, mergulhou nela, derrubou todos eles no chão. Ele agarrou Bois pelo pulso direito, ela enfiou a tesoura de podar na barriga dele. Ela perfurou sua pele, a ponta da lâmina entrou direto. Ele estremeceu, virou-se rapidamente. Bois bateu a tesoura de podar em seu rosto, atingiu-o no olho, cegando-o momentaneamente. Ele cambaleou para trás segurando seu olho. Salem estava deitado no chão da cozinha, sem fôlego, muito fraco para gritar. Ari tirou um soco inglês do bolso de trás, atacou Bois de frente, mas seu olho estava sangrando. Ele estava fora de forma; ela foi super rápida. Ela o desviou, deu uma joelhada nas bolas dele, forte, ele a jogou no chão, caindo em cima dela, mas suas mãos estavam livres. Ela esfaqueou a tesoura em seu lado novamente, rasgando sua carne. 'Ah, puta, puta merda,' disse ele enquanto rolava de dor. Ela se levantou, chutou-o na cabeça algumas vezes com suas botas Doc Martin. Segurava as tesouras de podar bem alto na mão. Ele rolou mais longe, tentou se levantar, mas as feridas em seu lado o pararam, tentou de novo, percebeu. Ficou trêmulo, o sangue escorria de ambas as feridas. Bois simplesmente o observou e não disse nada. Seu olho sangrando horrivelmente também. Ela veio para ele rápido novamente, ele lançou uma grande mão direita de última hora que cortou a cabeça dela, balançou suas costas, mas ela se recuperou rapidamente. Ari ficou parado, as mãos ao lado, se equilibrando, ela era muito rápida, porém, chutou duas vezes nas bolas dele, ele caiu, ela enfiou a tesoura nas costas, no pescoço dele, ele virou em uma bola para se proteger. Ainda pensando, ele poderia sair disso. Ela enfiou a tesoura na nuca dele duas, três vezes. Ele gemeu, tentou gritar, mas não conseguiu. Salem assistia horrorizado. Ela esfaqueou sua cabeça, seu pescoço, chegando ao frenesi, ela esfaqueou-o novamente no olho, ele se abriu, derrotado, deitou-se de costas, ela enfiou a tesoura em seu pescoço, destruindo sua veia jugular. O sangue jorrou de seu pescoço e sua cabeça caiu para trás.

Ele morreu.

Simples assim.

Bois olhou para ele e sorriu para si mesma. A boceta gorda aguenta um pouco de punição.

Salem estava com os olhos fechados, deitado no chão, tentando controlar a respiração, imaginando se conseguiria sair dessa. Ele ouviu Bois dizer,

'Agora é a sua vez, meu amigo.'

CAPÍTULO VINTE E NOVE

Steele ligou para Thompson. Leu o endereço em Darlinghurst de Rhia e Salem e disse, 'Verifiquei o endereço com todas as agências. Salem Houston mora lá também. Ele cumpriu pena em uma fazenda da prisão de Wollongong por adivinhe?'

'Diga-me,' disse Thompson enquanto se dirigia para o carro.

'Hackear.'

'Merda. Eu estou indo para lá agora. O mais rápido possível.'

Quando chegou à porta da frente do apartamento, tocou várias vezes a campainha, mas ninguém atendeu, nem um som lá dentro. Ele, como Bois antes dele, encontrou a calçada dos fundos, subiu as escadas. Viu a porta dos fundos aberta, sacou a arma e subiu lentamente as escadas. Avançou lentamente, ouviu um som de miado, não era alto, ele se perguntou se era um gato ou um cachorro. Chegou à cozinha, viu o amigo caído no chão, com um buraco no pescoço, feridas por toda a cabeça.

Morto.

Sangue por toda parte.

Ele esperava que houvesse DNA aqui.

Thompson deslizou pela parede da cozinha, acendeu um cigarro, tragou fundo a fumaça, soprou bem na frente dele, suspirou. Esqueceu o outro som por alguns minutos. Olhou para o amigo, quis gritar ou berrar, mas não o fez. Terminou o cigarro. Ele não pouparia Bois. Ouviu o miado suave novamente.

Ele se forçou a entrar no banheiro de onde vinha o som. Salem estava na banheira, um enorme pergaminho de papel higiênico em volta da mão esquerda, sangue por toda parte aqui também.

Ele olhou para Thompson, que disse,

'Salem?'

Salem estava tremendo como se estivesse nu em uma noite de inverno de dois graus. Tremendo, chorando, ele disse,

'Eu não disse a ela. Eu não disse a ela.'

'Não disse a ela o quê?'

'Eu não disse a ela. Eu não disse a ela, 'Ele repetiu.

Thompson viu a ponta de três dedos jogados ao acaso na banheira. Sabia o que tinha acontecido. O rapaz estava em estado de choque. Ele chamou uma ambulância. Esperou com ele, conversou com ele, entrou no banho com ele passou o braço em volta do ombro dele. Ele tentou perguntar coisas sobre o que aconteceu, mas ele parou de falar, continuou tremendo, encostou a cabeça no ombro de Thompson.

Thompson fez outro telefonema.

'Senhor Kholi, tenho outro para você.'

———

Rhia ligou para Salem, mas uma mulher respondeu,

'Alô.'

'Quero falar com Salem.'

'O tempo para falar acabou,' disse Bois. 'Queremos o USB. Queremos nosso dinheiro de volta.'

'Quero falar com Salem.'

'Tarde demais para isso.'

Rhia desligou.

'Oh, merda,' ela disse suavemente, 'não Salem, não assim.'

Ela tinha o número do celular de Thompson na cabeça. Memorizado para este cenário exato. Mas ela esperou. Esperou uma hora inteira. Com medo de que sua ligação fosse rastreada.

Ela ligou para ele.

'Thompson aqui,' disse ele com voz rouca.

'Aqui é Rhia.'

'Onde você está?'

'Ele está vivo?'

'Sim, ele está vivo. Ele foi levado para o hospital. Haverá um policial uniformizado na porta de seu quarto. Nada mais pode acontecer com ele.'

'O que eles fizeram com ele?'

'Ele está bem. Mais mental do que tudo, ele vai se recuperar, disseram os médicos. Vou vê-lo amanhã, ver se ele fala.'

Ela encerrou a ligação. Ele estava seguro. Ele estava vivo. Isso era alguma coisa.

Ela acordou Molly, fez as malas rapidamente, entrou no carro e dirigiu. Estariam em Melbourne em três horas. Era uma cidade grande, ela podia se perder ali, perder quem viesse atrás dela, das duas.

Thompson atendeu outra ligação. Desta vez de Steele.

'Les Connor está morto.'

'O que?'

'Recebi uma ligação da polícia de Kings Cross. Dica anônima para eles. Dois detetives foram lá. Ele estava morto, a cabeça caída para trás no sofá, sentado, um ferimento no pescoço. Trabalho profissional.'

'Bois, limpando tudo,' disse Thompson.

Encerrou a chamada.

A ambulância veio, levou embora o garoto trêmulo.

O Senhor Kholi e sua equipe chegaram. Kholi balançou a cabeça, ele não conhecia Ari, e disse a Thompson 'O que aconteceu aqui?'

'Parte do pacote da Igreja New Light. Ele é meu amigo, trate-o com respeito, se puder. Eu sei quem fez isso. Qualquer coisa que você puder encontrar para identificá-la seria bom.'

'Ela?'

'Sim, ela.'

CAPÍTULO TRINTA

Bois não viu nenhuma necessidade de acabar com Salem, ele deu a ela o que ela queria. Ela estava dirigindo para Melbourne agora. Salem disse que Rhia e Molly estavam em um 120 azul claro indo para Melbourne. Para uma nova vida. Ela havia arrancado três dedos dele com a tesoura de podar. Ela não tinha motivos para não acreditar nele. Ele disse que ela havia saído apenas algumas horas antes, então Bois decidiu dirigir. Abbot também conhecia pessoas de lá; eles estariam cuidando dela. Ela não contou a Billy Hassan. Abbott disse a ela que ele estava fora do circuito agora. Ela ignorou as ligações dele para o celular. A primeira vez que ela fez isso. Ele não gostou. Ligou para Abbott, que também ignorou suas ligações. Ele encontrou a porra da cadela para eles, pensou, agora eles estão me cortando. Mas não era verdade. Abbott só queria Bois o mais concentrada possível.

Thompson ligou para sua esposa, perguntou se ele poderia vê-la e sua filha Rachel também, se possível.

'Dia ruim, Carter?'

'Sim, Ari está morto.'

Um segundo.

Dois segundos.

'Sinto muito, Carter. Eu sei quanto, er... eu, venha, nós duas estaremos aqui.'

'Estarei aí em algumas horas.'

Cash Thompson foi até o carro, ligou o motor e disse, 'Toque Charlie Parker.'

All the Things You Are veio pelos alto-falantes, ele ouviu atentamente tentando se perder na música, esquecer o que tinha visto. Não funcionou. Onde estava Bois? Ela tinha o USB? Ela sabia onde Rhia estava? Ele continuou dirigindo para Potts Point. Para o prédio de apartamentos de dias melhores onde Les Connor tinha a cobertura. Para onde ele havia subido no mundo? Onde ele foi morto. Sua esposa ainda está escondida na Costa Central. Outra tocando a música de Abbott.

Não havia lacaio na mesa hoje. Poderia ter sido organizada, ele pensou, de fato, definitivamente tinha sido organizada. Ele subiu no elevador. A fita da cena do crime estava lá, ele passou por baixo dela. A equipe havia saído. dois caras de uniforme estavam na sala, conversando, brincando. Ele disse, 'Posso ficar com o quarto, pessoal?'

Eles se entreolharam, encolheram os ombros, disseram para deixá-lo fazer qualquer coisa.

'Não vão muito longe,' disse ele. Eles foram e ficaram do lado de fora da porta.

Ele foi para Les Connor. Ele estava vestindo uma camisa de tênis com um crocodilo. Calção branco. Sua cabeça, como Steele a descrevera, pendia sobre o espaldar do sofá. A pequena ferida perfurante era óbvia. Ele passou uma hora revisando o local, procurando o que não tinha certeza? Um traço de Bois. Mas não haveria nada. Ele sabia disso.

Ele não encontrou nada.

A toxicologia lhe diria o veneno. Importava muito. Se ele pudesse rastrear o veneno até Bois, seria uma ligação forte. Talvez o suficiente para acusá-la. Ele ligou para Kholi, disse-lhe para trazer as melhores pessoas do mundo para lá.

'Essa é pessoal,' disse Kholi.

'Todas elas são, Senhor Kholi.'

'Claro, sinto muito.'

Thompson saiu, dirigiu até a casa de sua esposa em Paddington. Ela e a filha dele dividiam uma casa com terraço. Havia um novo amante, um homem mais jovem, mas sua esposa sabia que não devia colocá-los no mesmo subúrbio, muito menos na mesma casa. Ele era advogado também. Seu nome era Tom Gunstone. Thompson pensou nele como 'mandíbula quadrada.'

Ele queria ir para casa, pegar um pouco de anfetamina, encontrar Bois, matá-la.

———

Sua filha atendeu a porta.

'Ei, pai,' ela disse quando viu que era ele. Abriu mais a porta, quando ele entrou, ela o abraçou, ele a abraçou de volta com um pouco menos de entusiasmo do que ela o abraçara. Ela não se importava, aquele era o pai dela. O que ele fazia. Mantinha as pessoas à distância, todo mundo.

'Mamãe me contou sobre seu amigo. Eu realmente sinto muito.'

'Obrigado, Rachel, você é a melhor.'

Ela o abraçou novamente. Ele ficou lá e deixou acontecer. Eles caminharam até a cozinha. Sua esposa, ex-amante, às vezes melhor amiga estava cozinhando macarrão, ele disse, 'Oi, Cassie. Cheira bem.'

'Nhoque, o seu favorito, alguns cogumelos também, alho, molho à base de tomate e...'

'Cheira muito bem.'

'Quer assistir TV pai? Enquanto mamãe termina.'

'Você não vai ajudá-la, Rachel. Não gosta?'

'Muito engraçado, pai. Vamos. Hum, eu gosto dessa série japonesa chamada Midnight Diner, você vai adorar. Este chef japonês é dono deste pequeno restaurante em Tóquio. Em uma área noturna, onde está toda a ação. Todos os tipos de pessoas diferentes passam por sua lanchonete. Eles contam como cada pessoa tem uma refeição favorita e enquanto ele cozinha a história deles se desenrola...'

'OK, OK, parece bom. Vamos. Você me pegou.'

Ele estava pensando em Rhia, Steele disse a ele que sua filha tinha oito anos. Que tipo de vida elas teriam agora? Onde estava Bois? O que Salem disse a ela? Onde estava o USB?'

Ele assistiu à série da Netflix, mas não entendeu nada. Sua filha falava em alta velocidade sobre tudo sob o sol. Ele acenou com a cabeça e disse sim no que achou ser o momento apropriado. O jantar foi na cozinha, na enorme mesa de madeira que sua esposa havia comprado recentemente. Valia uma fortuna, era tudo o que ele sabia. Era linda também. Longa, limpa, dura, com velhos nós. Ele disse, 'Você recebeu o dinheiro, ok? Eu o transferi.'

'Sim, recebi, obrigada. Desculpe. Eu estava tendo um dia ruim. Eu sei que você é sempre bom nisso e...'

'Está tudo bem, querida, sério.'

Ela estava sempre tendo um maldito dia ruim, ele pensou. Seu celular tocou. Era Aimee.

'Tenho que atender, desculpe.'

Ele caminhou pelo longo corredor de volta à sala de estar onde estivera assistindo Midnight Diner. Ele disse, 'É bom ouvir sua voz.'

'Obrigada, Cash. É legal se eu te chamar assim? Eu gosto muito disso.'

'É legal. O que você está fazendo?'

'Nada. Você quer vir, sair?'

'Sim, dê uma hora ou assim.'

'Onde você está?'

'Jantar com minha esposa e filha. Tinha que ser feito. Esperado de mim.'

'Tudo bem, então, vejo você quando chegar aqui?'

'Sim.'

Ele voltou para a cozinha, comeu rapidamente, passou mais meia hora no quarto da filha. Ela estava jogando críquete para um time local. Além disso, vôlei. Ela não mencionou sair ou seus namorados. Ele não perguntou a ela.

'Obrigado por ter vindo, pai. Lamento pelo seu amigo.'

'Eu também. Amo você.'

Ele dirigiu até Bondi. Verificou durante todo o caminho para casa, ele não estava sendo seguido por Bois ou qualquer outra pessoa. Pegou a lata de café. Fez o negócio com a anfetamina. Manteve o suficiente para mais algumas linhas mais tarde. Ele teria que pegar mais. Mas Ari se foi agora. Ele tinha outros contatos. Ele dirigiu até Newtown, verificando todo o caminho novamente para ver se alguém o seguia. Ele saiu do carro, subiu as escadas até o pequeno apartamento dela, pensando que gostaria de ir para a cama com ela assim que entrasse no apartamento, ficar com ela a noite toda. Seria o melhor tipo de remédio.

CAPÍTULO TRINTA E UM

Pela manhã, Thompson dirigiu até o Hospital St. Vincent. Disseram que Salem estava sob sedação, mas podia falar, havia se acalmado muito, mas ainda estava mentalmente frágil. Encontrou o quarto de Salem. Mostrou sua identidade para o policial uniformizado na porta e perguntou, 'Mais alguém esteve aqui?'

'Não.'

'Alguém mais pediu para entrar?'

'Um cara de uns cinquenta anos, bem vestido, entrou ontem à noite. Eu tenho isso fundo em mim, você era o único permitido, mas esse cara, ele continuou comigo, mas eu não o deixei entrar.'

'Ele era baixinho, barbudo?'

'Sim, é ele. Eu senti como se o conhecesse de algum lugar.'

'Certo, obrigado.'

Abbott, o filho da puta, pensou Thompson.

O boceta nunca desiste.

Salem estava com os olhos fechados, as mãos fora dos lençóis e o cobertor ao seu lado. Carter Thompson sentou-se em uma pequena cadeira ao lado da cama, pegou a mão direita de Salem e apertou-a. Nada aconteceu por trinta ou quarenta segundos, então ele abriu os olhos. Thompson disse, 'Salem.'

Ele piscou os olhos algumas vezes. Então acordou, ferozmente, de repente, arregalou os olhos. Respirou forte para dentro e para fora. Olhou para Thompson por um minuto inteiro processando as coisas. Thompson disse, 'Meu nome é Carter Thompson.'

Salem olhou para ele e finalmente disse, 'Você me salvou.'

'Não exatamente.'

'Está tudo bem,' ele disse, 'eu não disse a ela.'

'O que você não disse a ela?'

'Eu não disse a ela onde estava o USB. Inventei uma história sobre onde ela está.'

Salem fechou os olhos novamente. Respirou lentamente para dentro e para fora.

'O que você quer dizer com uma história?'

'Eu disse a ela que Rhia e Molly estavam indo para Melbourne. Eu não conseguia pensar em mais nada rápido o suficiente, a dor era tão forte.'

'O que você disse?'

Ele fechou os olhos novamente. Inspirou e expirou.

'Estou tão cansado,' disse ele.

'Está tudo bem, não se apresse.'

'Ah,' disse ele, 'mas eu disse a ela que Rhia saiu algumas horas depois, talvez 11 horas ou meio-dia. Ela estaria bem na frente dela. O carro em que ela está é vermelho, não azul claro. Você pode encontrá-la? Você pode salvá-la?'

'Sim, posso. Você vai ter que ligar para ela, dizer que ela pode confiar em mim, certo?'

'Agora, vamos fazer isso agora.'

'Você está pronto para isso, agora? Tem certeza?'

'Sim, eu posso fazer isso. Quero ouvir a voz dela.'

'Diga-me o número. Vou teclar. Sair da sala. Deixar vocês por alguns minutos. Mas apenas alguns minutos, temos que chegar até ela.'

'Sim, sim.'

Thompson teclou o número, entregou o celular a Salem e saiu da sala.

Ele o observou da porta, viu as lágrimas rolarem de seus olhos, o viu falar baixinho com ela. Ele não podia ouvir o que ele disse. Ele esperava como o inferno que ele não estivesse dizendo a ela para correr. Agora não, por favor, esperava Thompson. O garoto encerrou a ligação. Thompson voltou.

'Você pode ligar para ela, está tudo bem. Ela concordou em não fugir. Para entrar em uma delegacia de polícia. Contei a ela o que aconteceu comigo. Que eu não suportaria se algo acontecesse com ela ou Molly. Para fazer o que você disse. Ela confia em você.'

'Estou feliz. Vou ligar para ela agora.'

'Carter, você disse que seu nome era Carter.'

'Sim.'

'O USB de toda essa merda acabou. Está no vaso de planta da cozinha, enfiado debaixo da terra.'

'Oh.'

CAPÍTULO TRINTA E DOIS

Thompson foi para o apartamento em Darlinghurst. Encontrou o vaso de plantas intocado. O corpo de Ari havia desaparecido há muito tempo. Ele o colocou sobre a pequena mesa de madeira. Cavou os dedos ao redor do solo. Encontrou o USB rapidamente. Ele trouxe seu laptop do carro. Salem havia lhe dado a senha para isso. Isso era tudo que ele precisava, pois Salem já havia quebrado o código. Ele viu as fotos e vídeos, centenas deles. Jamieson e Bobby Hughes, A 'Equipe A' de Abbott para as eleições de meio senado estavam nelas em várias poses e também trepando com aqueles jovens em vídeo. Les Connor também estava lá, também Norton, mas eles estavam mortos, só a viúva de Norton sentiria vergonha, ou não sentiria? Ela sabia claramente da existência das fotos e vídeos, sua importância. Abbott e Bois não estavam à vista no USB. Ele continuaria com sua igreja fodida. Às vezes, o escândalo abria caminho para a próxima geração de candidatos. Abbott ficaria horrorizado, chocado com as revelações.

Babaca.

Ele ligou para Steele. Contou tudo a ele e enviou um anexo de e-mail que continha tudo no pequeno USB azul claro. Ele acrescentou uma nota, siga o dinheiro.

Ele ligou para Tony Wu do *The Star*.

'Eu tenho sua história, Wu, me dê seu e-mail. Você entenderá assim que abrir o anexo.'

'O que exatamente está nele?'

'Pornografia, talvez com menores de idade, talvez não, mas definitivamente o fim da carreira. Você pode querer seguir a trilha do dinheiro. Meu chefe fará. Tenho certeza que ele trabalhará com você. Eu terminei com o caso, mas... eu não sei. Você é o jornalista.'

'Obrigado, Thompson, eles chamam você de Cash, não é?'

'Sim, mas você pode me chamar de Carter.'

'Seco também. Eu gosto disso.'

'Vejo você mais tarde, Wu. Faça um ótimo trabalho.'

Thompson encerrou o telefonema.

Ele tentou ligar para Rhia o dia todo, mas não conseguiu. Quando Salem ligou para ela do hospital. Ele disse a ela para despejar o carro. Retirar o máximo de dinheiro possível, pegar um trem para Brisbane, onde eventualmente a encontraria. Rhia fez o que ele disse, mas acabou na Gold Coast. Muitas pessoas se reinventavam na Gold Coast.

Thompson foi no dia seguinte ao St Vincent's para ver Salem. Ele acenou com a cabeça para o policial uniformizado que o cumprimentou com um, 'Ei, Cash.'

'Ei, Rod.'

Ele foi até a cadeira do lado direito da cama.

Salem acordou quando ele se sentou. Thompson disse, 'Quanto dinheiro você desviou?'

Salem esfregou os olhos com as mãos e disse, 'O quê?'

'Vamos. Quanto?'

'Setecentos e cinquenta K.'

'Quanto disso você colocou em uma conta para Rhia?'

'Cinquenta K.'

'Certo.'

'E agora?'

'Você sabe que as vítimas de crimes geralmente recebem algum tipo de pagamento, que seriam os cinquenta mil que você pagou a Rhia. O resto volta, caso contrário, é de volta para a prisão para você e Rhia e a garota cresce do jeito que você e Wayne Hampton cresceram.'

Salem tossiu algumas vezes.

'Feito.'

'Eu não me importo mais com Rhia. Eu não vou persegui-la. Ela não é procurada pela polícia, mas sugiro que você a avise sobre voltar a Sydney. Acho que Abbott nunca esquece.'

'Ela não vai. Ela não vai voltar.'

'Você precisa ficar saudável. Aquele policial estará lá fora até que você esteja pronto para ir para casa. Você passou por muita coisa. A maioria das pessoas teria desistido de tudo antes mesmo de começar. Você entende isso, não é?'

'Obrigado.'

'Tenha uma boa vida.'

———

Quando a história estourou, ela se espalhou como um incêndio florestal descontrolado. Diferentes frentes se abriram a cada hora. *The Star* começou tudo com uma história de primeira página sobre Bobby Hughes e Jamieson. A manchete dizia, **Candidatos da Igreja da Nova Luz são pegos em Orgia Estilo Calígula no Hotel em Kings Cross**. A manchete ocupava a maior parte da primeira página. A verdadeira história de Wu ocupava as primeiras quatro páginas. Em seguida, tornou-se imediatamente viral. Graças aos radialistas de direita que dispararam salvas como se fosse a primeira guerra mundial. Abbott chamou muita atenção, mas não fez mídia. Ele tinha um cara para isso.

O cara era Julius Heston, advogado dos ricos e bem conhecidos, quanto maior o perfil do acusado, melhor. Ele começou a operação de costurar os maus membros da Igreja que foram imediatamente expulsos. Eles não teriam mais nenhuma conexão com a New Light. O Senhor Abbott está chocado, chocado, mas ainda continuará com seus deveres na Igreja. As pessoas estavam tentando destruir New Light, mas os fiéis estariam de volta a Bondi Junction no domingo e assistindo de toda a Austrália.

Amém.

Outro Fariseu.

Sheila Watson não era uma má pessoa, mas o escândalo se espalhou para ela como uma mancha de café em uma toalha de mesa branca. Ela também desistiu da disputa pelo Senado.

Adeus equilíbrio dos sonhos de poder.

Al-Abadi foi libertado sem acusações. Por alguma estranha sorte, ele não apareceu em qualquer vídeo. Ele não fez nenhuma confissão e não denunciou

Thompson por sua violência contra ele. Ele ficou abalado e jurou em particular nunca mais voltar para a Igreja New Light ou ter algo a ver com ela novamente.

Billy Hassan continuou fazendo o que fazia de melhor. Thompson se perguntou se Steele poderia começar a investigá-lo em algum momento. O problema era que você se livrasse de um Billy Hassan, algum outro criminoso de baixa vida simplesmente tomava seu lugar. Abbott também sabia disso. Não cortou sua conexão com Hassan. Ele sugeriu que mais negócios surgiriam em seu caminho. Ele precisava do sexo para controlar os membros e outros. Faça o que eu digo, ou revelarei ao mundo e então você está acabado, e agora ele poderia acrescentar, como Bobby Hughes.

CAPÍTULO TRINTA E TRÊS

Cerca de uma semana depois, Bois voltou para Melbourne. Relatou a Abbott que não conseguia encontrar Rhia em lugar algum. Ele agradeceu-lhe, disse-lhe para estar em guarda. O USB foi encontrado. A polícia estava guardando.

'Não preciso contar o que estava acontecendo lá, Sally. Pessoas fracas fazendo coisas fracas.'

'Eu sei o que está lá.'

'Recebi um telefonema de Steele, o chefe de Thompson. Ele disse que cópias do USB foram feitas. O dinheiro seria retido até que os advogados e os tribunais decidissem o que fazer com ele. O dinheiro que foi levado foi devolvido, ou quase todo devolvido.'

'Quanto a mim?'

'Precisa descansar. Telefonarei para você quando precisarmos de você novamente.'

O carro abandonado de Rhia foi encontrado em uma rua lateral da Estrada Sydney, em Coburg. Não havia sido registrado para ninguém. Nenhum dos documentos necessários foi enviado. Ela não havia transferido a propriedade do carro.

Thompson voltou para a academia de Hector em Redfern e começou a treinar boxe novamente. Tomou punição, distribuiu. Bateu no saco de pancadas, trabalhou em sua velocidade e jogo de pés com a bola e no ringue. Ele manteve isso por oito semanas, como nos velhos tempos. Ele encontrou um novo amor por isso. Steele lhe dera tempo para recarregar as energias, para recomeçar seu trabalho na Promotoria por qualquer crime que lhe fosse atribuído.

Salem desapareceu um dia de seu apartamento. Apenas Jim Wenders sabia para onde ele estava indo e não contaria a ninguém. Ele se recuperou fisicamente da tortura que Bois infligiu, mas mentalmente ainda estava frágil. Ele não havia contado a Rhia sobre seus dedos, mas ela cuidaria dele de volta ao que era antes. Tanto ela quanto Molly. Isso é o que ele esperava.

———

Bois estacionou na garagem de seu apartamento em North Bondi. Saiu do BMW. Bateu a porta. Virou-se para entrar no apartamento, mas algo chamou sua atenção. Ela se virou. Carter Thompson estava parado atrás do carro dela.

'Senhorita Bois.'

'Thompson. Ou Cash, não é? Cash, é assim que eles chamam você.'

'Sim.'

'O que você quer?'

'Você.'

Ele caminhou em sua direção e ela deixou cair sua

bolsa de ginástica. Assumiu sua postura de streetfighter. Thompson assumiu sua postura de boxe e a perseguiu enquanto ela caminhava de volta para a parede. Ele estava vestindo jeans pretos, tênis pretos, uma velha camiseta preta que tinha a palavra *mortal* escrita em amarelo. Bois estava com seu agasalho Adidas preto e tênis Adidas preto e branco.

'Eu tenho vontade de fazer isso desde o primeiro dia,' disse ela.

'Estou feliz,' disse ele.

Ele a tinha com as costas quase encostadas na parede lateral da garagem. Ela tentou chutá-lo no estômago, ele bloqueou e acertou-a com força no rosto com a mão direita. Essa doce mão direita. Ela caiu contra a parede. Ele não disse nada. Ela empurrou-se para trás na posição vertical. Foi direto para ele com chutes e rajadas de socos, ele bloqueou os chutes. Ela o atingiu na lateral da cabeça com o punho esquerdo, ele recuou um pouco, ela veio com força para ele, lançou uma combinação de direita e esquerda que o abalou. Ele se abaixou e ela deu um chute na cabeça dele. Ele bloqueou. Ela chutou duas vezes com força, uma combinação tão rápida quanto as mãos de um boxeador, acertando-o novamente na lateral da cabeça. Ela entrou forte, com dois chutes, ele bloqueou um, depois agarrou a perna esquerda dela, empurrou para trás. Ela tropeçou. Ele levantou. Aproximou-se dela novamente. Ela retomou sua postura.

Ele avançou lentamente, jogou aquela doce mão direita de novo, acertou o nariz dela, o sangue escorria, ela disse, 'Seu filho da puta. Doente...'

Ele deu um passo à frente, acertou-a duas vezes

na testa, forte pra caralho. Ela cambaleou para trás, ele a seguiu, falou pela primeira vez na luta,

'Qual é o problema, Senhorita Bois?'

Ela se endireitou, adotou sua postura novamente. Ela havia sido treinada para aceitar punições por longos períodos. Ela voltou para ele, deu um chute na barriga dele, ele agarrou a perna dela, arrastou-a para ele. Colocou a outra mão no bolso de trás. Puxou uma pequena e super afiada faca de desossar, cravou-a com força na área carnuda abaixo das costelas dela, rasgou sua carne, arrancou-a. Sua boca se abriu, mas ela não gritou. A dor. Ele enfiou-a no lado dela novamente, rasgou-a novamente e disse, 'É assim que você luta, não é? Com uma faca, com uma arma.'

Ele a esfaqueou novamente no peito, duas vezes, ela cambaleou de volta para o chão. Ele mergulhou a faca em seu coração. Levantou. Assisti-a sangrar.

Ele se esfaqueou firmemente em ambos os braços com a faca. Arranhou a faca em seu estômago. Uma ferida superficial. Ele teria pequenas cicatrizes para lembrá-lo disso. Lembrá-lo de Ari. Colocou a faca na mão direita dela e a chutou a alguns metros de distância.

Ele não a poupou.

Ele ligou para Steele e disse, 'Estou na casa da Senhorita Bois em North Bondi, na garagem. Ela me chamou aqui com o pretexto de que alguém tentou invadir sua casa. Eu a conhecia por trabalhar no caso do Senhor Norton.'

'Prossiga.'

'Ela me atacou com uma faca. Eu me defendi. Ela está morta, infelizmente. Preciso de uma equipe de limpeza aqui rápido e Steele?

'Sim.

'Não Kholi. Estou muito perto dele. Você entende?'

'Claro.'

'Além disso, acho que já cansei desse trabalho.'

'O que você vai fazer?'

'Vou conseguir uma licença de Investigador Particular.'

'Tire algum tempo para pensar sobre isso. Faça isso por mim, Carter.'

'Eu vou.'

Ninguém sentiria falta dela.

Boa viagem.

Caro leitor,

Esperamos que você tenha gostado de ler *Cidade do Pecado*. Reserve um momento para deixar uma crítica, mesmo que curta. A sua opinião é importante para nós.

Atenciosamente,

Sean O'Leary e Next Chapter Team

SOBRE O AUTOR

Sean O'Leary é um escritor de Melbourne, Austrália. Ele publicou duas coleções de contos literários, 'My Town' e 'Walking.' Sua novela literária 'Drifting' foi a vencedora do 'The Great Novella Search 2016' e publicada em 2017. Ele autopublicou 'The Heat,' sua novela policial ambientada em Darwin e Bangkok em 2019. 'Drifting' e 'The Heat' serão republicados por Next Chapter. Sua segunda novela policial 'Preston **Noir**' foi publicada em 2020 em '**Crime Double Feature...Neo Noir**' da imprensa independente 'Zombie Pirate Publishing' Bone Publishing no Reino Unido. Seu novo romance policial 'Going All the Way' já está disponível no Next Chapter. Sua coleção 'Tokyo Jazz & Other Stories' também está disponível no Next Chapter agora. Atualmente, ele está trabalhando em uma nova série de crimes e contos em andamento o tempo todo.

Ele gosta de andar por toda a face da terra, viajar sempre que pode, torce pelo Melbourne Football Club (uma sentença de prisão perpétua), gosta de arte, mas não sabe nada sobre isso, é fanático por cinema e escreve como um demônio.

Cidade do Pecado
ISBN: 978-4-82416-947-1
Livro de Bolso

Publicado por
Next Chapter
2-5-6 SANNO
SANNO BRIDGE
143-0023 Ota-Ku, Tokyo
+818035793528

21 fevereiro 2023